中|华|国|学|经|典|普|及|本

纳兰词集

〔清〕纳兰性德　著

申楠　注

中国书店

图书在版编目（CIP）数据

纳兰词集 /（清）纳兰性德著；申楠注 . —北京：中国书店，2024.12
（中华国学经典普及本）
ISBN 978-7-5149-3394-9

Ⅰ . ①纳… Ⅱ . ①纳… ②申… Ⅲ . ①词（文学）—作品集—中国—清代 Ⅳ . ① I222.849

中国国家版本馆 CIP 数据核字（2024）第 056935 号

纳兰词集

〔清〕纳兰性德 著　申楠 注

责任编辑：赵文杰

出版发行：中国书店

地　　址：北京市西城区琉璃厂东街 115 号

邮　　编：100050

电　　话：（010）63013700（总编室）
　　　　　　（010）63013567（发行部）

印　　刷：三河市嘉科万达彩色印刷有限公司

开　　本：880 mm × 1230 mm　1/32

版　　次：2024 年 12 月第 1 版第 1 次印刷

字　　数：148 千

印　　张：8

书　　号：ISBN 978-7-5149-3394-9

定　　价：59.00 元

"中华国学经典普及本"编委会

前言

他，一位多情的翩翩公子，武功出众的御前一品侍卫；他经史百家无所不窥，书画骑射无所不精；他生于温柔富贵，却满篇哀感顽艳；身处花柳繁华，心却游于喧嚣之外；他声名显赫，却向往恬淡平静的生活；他身为八旗子弟，却爱结交落魄文人；他行走于仕途，一生却为情所累；他追求真挚永恒的情感，却屡遭命运打击；他正当风华正茂之时，却匆匆离世。

一位几乎拥有世间一切的多情男子，一段三百年来倾倒无数后人的传奇。

他，就是被誉为"清代第一词人"的纳兰性德。

他以真心之字，诉衷情之心。他用词章抒写自己的故事，词作多以思乡、思亲、思友为线，其词风淡雅又不乏真情实意，哀感顽艳而不媚俗。一首首小词似乎信手拈来，却总能掀起读者内心巨大的波澜。

透过纳兰明净清婉、隽秀感人的小令长调，我们仿佛能看到那个拥有绝世才华、出众容貌、高洁品行的人站在那里，散发着一股浪漫凄苦、遗世独立的气息,华美至极,多情至极,孤独至极。这位名满京国的贵公子,始终在浮华的尘世中守望着一段纯净的人生,一方精神的自由。

华贵的悲哀,优美的感伤。他的词作让无数人为之倾倒,广为传唱,一时有"家家传唱饮水词"之说,备受当时及后世好评。梁启超曾评纳兰词:"容若小词,直追后主。"陈维崧也认为:"《饮水词》哀感顽艳,得南唐后主之遗。"王国维更是欣赏称道,说:"纳兰容若以自然之眼观物,以自然之舌言情。此由初入中原未染汉人风气,故能真切如此。北宋以来,一人而已。"况周颐也在《蕙风词话》中誉其为"国初第一词手"。

他哀婉的诗词,始终散发着一种能够穿透生命的力量。时光已经轮回几许,在幽深的暗夜里,在寂静的时光里,一阕词轻轻吟唱开来,那些情愫穿透时光的城墙,在历史的长河中缓缓升起,总能唤醒人们沉睡在心底那一丝最柔软的情感。

如鱼饮水,冷暖自知。

叹悲叹喜,几人能明。

目录

卷三

卷　一

临江仙

　　点滴芭蕉心欲碎，声声催忆当初。欲眠还展旧时书。鸳鸯小字①，犹记手生疏。

　　倦眼乍低缃帙②乱，重看一半模糊。幽窗冷雨一灯孤。料应情尽，还道有情无？

【注释】

　　①鸳鸯小字：指相思爱恋的文辞。《全元散曲·水仙子·冬》："意悬悬诉不尽相思，谩写下鸳鸯字，空吟就花月词，凭何人付与娇姿。"

　　②缃帙（xiāng zhì）：浅黄色书套，此代指书卷。

【点评】

　　幽窗一灯孤，还道有情无。为说情。上片、下片，布景、说情，其所记叙，虽近在眼前，但其旨意，随着有与无的思量，却仍有余地，可以推向久远。

——施议对

少年游

算来好景只如斯，惟许有情知。寻常风月①，等闲谈笑，称意即相宜。

十年青鸟②音尘断，往事不胜思。一钩残照③，半帘飞絮，总是恼人时。

【注释】

①风月：本指清风明月，后代指男女情爱。

②青鸟：神话传说中为西王母取食传信的神鸟。《山海经·西山经》："又西二百二十里，曰三危之山，三青鸟居之。"郭璞注："三青鸟主为西王母取食者，别自栖息于此山也。"又，汉班固《汉武故事》云："七月七日，上于承华殿斋，正中，忽有一青鸟从西方来，集殿前。上问东方朔，朔曰：'此西王母欲来也。'有顷，王母至，有二青鸟如鸟，侠侍王母旁。"后遂以"青鸟"为信使的代称。

③残照：此处指月亮的余辉。

茶瓶儿

杨花糁径①樱桃落。绿阴下、晴波②燕掠。好景成担阁。秋千背倚，风态宛如昨。

可惜春来总萧索。人瘦损③、纸鸢风恶。多少芳笺④约，青鸾⑤去也，谁与劝孤酌？

【注释】

①糁（sǎn）径：洒落在小路上。糁，煮熟的米粒，这里指散落。

②晴波：阳光下的水波。唐杨炯《浮沤赋》："状若初莲出浦，映晴波而未开。"

③瘦损：消瘦。

④芳笺：带有芳香的信笺。

⑤青鸾：青鸟或指女子。唐王昌龄《萧驸马宅花烛》诗："青鸾飞入合欢宫，紫凤衔花出禁中。"

忆王孙

暗怜双绁①郁金香，欲梦天涯思转长。几夜东风昨夜霜，减容光②，莫为繁花又断肠。

【注释】

①双绁（xiè）：指郁金香成双成对。绁，拴、缚，此处谓两花相并。

②容光：脸上的光彩。

忆王孙

刺桐①花底是儿家②。已拆秋千未采茶。睡起重寻好梦赊③。忆交加④，倚着闲窗数落花。

【注释】

①刺桐：树名，亦称海桐、木芙蓉，因其枝干间有圆锥形棘刺，故名。

②儿家：古代年轻女子对其家的自称，犹言我家。

③赊：稀少，渺茫。

④交加：男女相偎，亲密无间。

忆王孙

西风一夜剪芭蕉。满眼芳菲总寂寥。强把心情付浊醪①，读《离骚》。洗尽秋江日夜潮。

【注释】

①浊醪：浊酒。

调笑令

明月，明月。曾照个人离别。玉壶红泪①相偎，还似当年夜来。来夜，来夜，肯把清辉②重借？

【注释】

①玉壶红泪：晋王嘉《拾遗记》卷七："（魏）文帝所爱美人，姓薛名灵芸，常山人也。……时文帝选良家子女以入六宫，（谷）习以千金宝赂聘之，既得，乃以献文帝。灵芸闻别父母，嘘唏累日，泪下沾

衣。至升车就路之时，以玉唾壶承泪，壶即红色。既发常山，及至京师，壶中泪凝如血。"后因以"玉壶红泪"称美人泪。

②清辉：清澈明亮的光辉，此处指月光。

河传

春浅①，红怨②，掩双环③。微雨花间昼闲，无言暗将红泪弹。阑珊，香销轻梦还。

斜倚画屏思往事，皆不是，空作相思字。记当时，垂柳丝，花枝，满庭蝴蝶儿。

【注释】

①春浅：春意浅淡。

②红怨：为花落伤感。

③双环：门上的双环，此处代指关门。

蝶恋花　散花楼送客

城上清笳①城下杵。秋尽离人，此际心偏苦。刀尺又催天又暮，一声吹冷蒹葭②浦。

把酒留君君不住。莫被寒云，遮断君行处。行宿黄茅山店③路，夕阳村社④迎神鼓。

【注释】

　①清笳：谓凄清的胡笳声。唐杜甫《洛阳》诗："清笳去宫阙，翠盖出关山。"

　②蒹葭：蒹和葭都是水草，本指在水边怀念故人，后以"蒹葭"泛指思念异地友人。

　③黄茅山店：指荒村野店。黄茅，茅草名。唐白居易《代书诗一百韵寄微之》："官舍黄茅屋，人家苦竹篱。"

　④村社：旧时农村祭祀社神的日子或盛会。

【点评】

　词由景起，写秋天将尽，清笳声叠和着砧杵声传来，一片凄凉的氛围。正此时，"客"将上路远行，置酒送别，自是悲凉伤感，故云"心偏苦"。上片结句又以景收束，进一步烘托了惜别恋友、悲苦无奈的凄清之感。下片由眼前饯别之情景设想"客"在旅途上的景况，此系虚拟之景，更突出了眷恋之情和伤离之意。

——张秉戍

虞美人

　绿阴帘外梧桐影，玉虎①牵金井②。怕听啼鴂③出帘迟，挨到年年今日两相思。

　凄凉满地红心草④，此恨谁知道？待将幽忆寄新词，分付芭蕉风定月斜时。

【注释】

①玉虎：井上的辘轳。

②金井：栏上有雕饰的水井，一般用以指宫廷园林里的井。

③啼鴂（jué）：杜鹃鸟啼鸣。

④红心草：草名。相传唐王炎梦侍吴王，久之，闻宫中出辇，鸣箫击鼓，言葬西施。吴王悲悼不已，立诏词客作挽歌。炎应教作了《西施挽歌》，有"满地红心草，三层碧玉阶"之句。后以"红心草"作为美人遗恨的典故。

虞美人

曲阑深处重相见，匀泪①偎人颤。凄凉别后两应同，最是不胜清怨月明中。

半生已分孤眠过，山枕②檀痕③浇④。忆来何事最销魂，第一折枝⑤花样画罗裙。

【注释】

①匀泪：拭泪。

②山枕：古代中间低凹、两端突起的山形枕头。

③檀痕：带有胭脂的泪痕。

④浇（wò）：浸渍，染上。

⑤折枝：中国花卉画的技法之一，不画全株，只画连枝折下的部分。

虞美人

峰高独石当头起，影落双溪水。马嘶人语各西东，行到断崖无路小桥通。

朔鸿①过尽归期杳，人向征鞍老。又将丝泪②湿斜阳，回首十三陵树暮云黄。

【注释】

①朔鸿：从北方往南飞的大雁。

②丝泪：谓泪如雨丝。

采桑子

彤霞久绝飞琼①字②，人在谁边。人在谁边，今夜玉清③眠不眠。

香消被冷残灯灭，静数秋天。静数秋天，又误心期④到下弦。

【注释】

①飞琼：许飞琼，传说中西王母身边的侍女，后泛指仙女。

②字：书信。

③玉清：原指仙人。陈士元《名疑》卷四引唐李冗《独异志》谓："梁玉清，织女星侍儿也。秦始皇时，太白星窃玉清逃入衡城小仙洞，十六日不出，天帝怒谪玉清于北斗下。"这里指所思念的人。

④心期：心愿，心意。

采桑子

　　谁翻①乐府凄凉曲，风也萧萧，雨也萧萧，瘦尽灯花又一宵。

　　不知何事萦怀抱②，醒也无聊，醉也无聊，梦也何曾到谢桥③。

【注释】

　　①翻：演唱，演奏。

　　②怀抱：心胸。

　　③谢桥：谢娘桥，古时称所爱的女子为"谢娘"，称其所居处为"谢桥"。

采桑子

　　土花①曾染湘娥黛，铅泪②难消。清韵③谁敲，不是犀椎④是凤翘⑤。

　　只应长伴端溪紫⑥，割取秋潮。鹦鹉偷教，方响⑦前头见玉箫。

【注释】

　　①土花：苔藓。

　　②铅泪：晶莹的眼泪。语自唐李贺《金铜仙人辞汉歌》："空将汉

月出宫门，忆君清泪如铅水。"

③清韵：清雅和谐的声响，指竹林风动之声。

④犀椎：犀槌，古代打击乐器——方响中的犀角制小槌。

⑤凤翘：古代妇女凤形首饰。

⑥端溪紫：紫色的端溪砚。端溪，溪名，在广东高要东南，产砚石，制成称端溪砚或端砚，为砚中上品，即以"端溪"称砚台。

⑦方响：古磬类打击乐器，由十六枚大小相同、厚薄不一的长方铁片组成，分两排悬于架上，用小铁槌击奏。创始于南朝梁，为隋唐宴乐中常用乐器。

采桑子

而今才道当时错，心绪凄迷。红泪偷垂，满眼春风百事非。

情知此后来无计，强说欢期①。一别如斯，落尽梨花月又西。

【注释】

①欢期：佳期，重会的日子。

采桑子

严宵拥絮频惊起，扑面霜空①。斜汉②朦胧，冷逼毡帷火不红。

香篝③翠被浑闲事，回首西风。何处疏钟④，一穗灯花似梦中。

【注释】

①霜空：秋冬的晴空。

②斜汉：指秋天向西南方偏斜的银河。

③香篝：熏笼，古代室内焚香所用之器。

④疏钟：稀疏的钟声。

采桑子

冷香萦遍红桥①梦，梦觉城笳。月上桃花，雨歇春寒燕子家。

箜篌②别后谁能鼓，肠断天涯。暗损韶华③，一缕茶烟透碧纱④。

【注释】

①红桥：桥名，在江苏扬州，明崇祯时建，为扬州游览胜地之一。

②箜篌：古代拨弦乐器名，分竖式和卧式两种。

③韶华：美好的光阴，比喻青春年华。

④碧纱：绿纱灯罩。

采桑子　咏春雨

嫩烟分染鹅儿柳①，一样风丝。似整如欹②，才着春寒瘦不支。

凉侵晓梦轻蝉③腻，约略红肥。不惜葳蕤④，碾取名香作地衣⑤。

【注释】

①鹅儿柳：泛着鹅黄色的柳枝。

②敧：通"攲"，倾斜。

③轻蝉：蝉鬓，此处代指闺中人。

④葳蕤（wēi ruí）：形容草木茂盛，枝叶下垂的样子。

⑤地衣：地毯。

采桑子　塞上咏雪花

非关癖爱轻模样①，冷处偏佳。别有根芽②，不是人间富贵花。

谢娘③别后谁能惜？飘泊天涯。寒月悲笳④，万里西风瀚海沙。

【注释】

①轻模样：大雪纷飞状。宋孙道绚《清平乐·雪》："悠悠扬扬。做尽轻模样。"此谓对于雪花的偏爱。

②根芽：比喻事物的根源、根由。

③谢娘：谢道韫，东晋诗人，谢安侄女，王凝之之妻。以一句"未若柳絮因风起"咏雪而闻名，后世因而称女子的诗才为"咏絮才"。

④悲笳：悲凉的笳声。笳，古代军中号角，其声悲壮。

采桑子

桃花羞作无情死，感激东风。吹落娇红，飞入闲窗伴懊侬①。

谁怜辛苦东阳②瘦，也为春慵③。不及芙蓉，一片幽情冷处浓。

【注释】

①懊侬：懊恼烦闷的人，此处为诗人自指。

②东阳：南朝著名美男子沈约。因其曾为东阳太守，故称。

③春慵：春天的懒散情绪。

采桑子

拨灯书尽红笺①也，依旧无聊。玉漏②迢迢，梦里寒花③隔玉箫④。

几竿修竹三更雨，叶叶萧萧。分付秋潮，莫误双鱼⑤到谢桥。

【注释】

①红笺：红色笺纸，多用以题写诗词或作名片等。

②玉漏：古代计时漏壶的美称，唐苏味道《正月十五夜》诗："金吾不禁夜，玉漏莫相催。"

③寒花：寒冷时节开放的花，多指菊花。

④玉箫：人名。传说唐韦皋未仕时，寓江夏姜使君门馆，与侍婢玉箫有情，约为夫妇。韦归省，愆期不至，箫绝食而卒，玉箫转世，终为韦侍妾。事见唐范摅《云溪友议》卷三，多借指姬妾。后人以此为情人订盟之典。亦称玉箫侣约。

⑤双鱼：代指书信。

采桑子

凉生露气湘弦①润，暗滴花梢。帘影谁摇，燕蹴风丝上柳条。

舞鹍②镜匣开频掩，檀粉③慵调。朝泪如潮，昨夜香衾觉梦遥。

【注释】

①湘弦：湘瑟，湘妃所弹之瑟。亦指代瑟。瑟，弦乐器。

②鹍（kūn）：形似鹤，黄白色。

③檀粉：化妆用的香粉。

采桑子

谢家庭院①残更②立，燕宿雕梁。月度银墙③，不辨花丛那辨香。

此情已自成追忆，零落鸳鸯。雨歇微凉，十一年前梦一场。

①谢家庭院:指南朝宋谢灵运家,灵运于会稽始宁县有依山傍水的庄园,后因用以代称贵族家园,亦指闺房。晋谢奕之女谢道蕴及唐李德裕之妾谢秋娘等都负有盛名,故后人多以"谢家"代指闺中女子。

②残更:旧时将一夜分为五更,第五更时称残更。

③银墙:月光下泛着银白颜色的墙壁。

采桑子

明月多情应笑我,笑我如今。辜负春心①,独自闲行独自吟。

近来怕说当时事,结遍兰襟②。月浅灯深,梦里云归何处寻。

【注释】

①春心:春景所引发的意兴及情怀。

②兰襟:芬芳的衣襟,比喻知己之友。《易·系辞上》:"二人同心,其利断金;同心之言,其臭如兰。"襟,连襟,彼此心连心。

谒金门

风丝①袅,水浸碧天清晓。一镜②湿云青未了,雨晴春草草③。

梦里轻螺④谁扫，帘外落花红小。独睡起来情悄悄，寄愁何处好。

【注释】

①风丝：风中的柳树枝条。

②一镜：指像一面明镜的水。

③草草：忧虑劳神的样子。

④轻螺：指黛眉。螺，螺黛，古人用以画眉的青黑色颜料。

【点评】

"草草"二字妙甚。"独睡"二句婉约。

——陈廷焯

在雨过天晴的春晨，闺中的少妇一觉醒来，不仅愁思缭乱，"独睡起来情悄悄"是全诗的核心。这词格调轻巧俊美，和晏几道的词味很接近。

——黄天骥

菩萨蛮　寄梁汾①苕中②

知君此际情萧索，黄芦③苦竹④孤舟泊。烟白酒旗青，水村鱼市晴。

柁楼⑤今夕梦，脉脉春寒送。直过画眉桥，钱塘江上潮。

【注释】

①梁汾：顾贞观，字华峰（一作"封"），号梁汾。江苏无锡人，

康熙年间举人，著有《积书岩集》及《弹指词》。

②苕中：一名苕水，有二源，一曰东苕，出浙江天目山之阳，东流经临安、余杭、杭县，又东北经德清县为余石溪，北至吴兴县为溪；一曰西苕，出天目山之阴，东北流经孝丰县，又北经安吉县，又东经长兴县，至吴兴县城中，两溪合流，由小梅、大浅两湖口入于太湖，相传夹岸多苕花，秋时飘散水上如飞雪，故名。顾梁汾南归后曾寓居苏州此地。

③黄芦：落叶灌木，叶子秋季变红。

④苦竹：又名伞柄竹，笋有苦味，不能食用。

⑤柁（tuó）楼：船上操舵之室，亦指后舱室。因高起如楼，故称。这里借指乘船之人。

忆江南

昏鸦①尽，小立恨因谁？急雪乍翻香阁絮，轻风吹到胆瓶②梅。心字③已成灰。

【注释】

①昏鸦：黄昏时天空飞过的乌鸦群。

②胆瓶：长颈大腹的花瓶，因形如悬胆而得名。

③心字：心字香，一种炉香名。明杨慎《词品·心字香》："范石湖《骖鸾录》云：'番禺人作心字香，用素馨、茉莉半开者，着净器中，以沉香薄片层层相间，密封之，日一易，不待花蔫，花过香成。'所谓心字香者，以香末萦篆成心字也。"

忆江南

　　江南好，建业①旧长安。紫盖②忽临双鹢③渡，翠华④争拥六龙⑤看。雄丽却高寒。

【注释】

　　①建业：古县名。东汉建安十七年孙权改秣陵县设置，治所在今南京市，南京曾为东吴、东晋、宋、齐、梁、陈、南唐、明等八代王朝的都城，故称"旧长安"。

　　②紫盖：紫色车盖，帝王仪仗之一，借指帝王车驾。

　　③双鹢(yì)：船头绘有鸟图像的船，此处指皇帝的游船。

　　④翠华：天子仪仗中以翠羽为饰的旗帜或车盖，为御车或帝王的代称。

　　⑤六龙：古代天子的车驾为六匹马，马八尺称龙，为天子车驾的代称。

忆江南

　　江南好，城阙尚嵯峨①。故物②陵前惟石马，遗踪陌上③有铜驼④。玉树⑤夜深歌。

【注释】

　　①嵯峨：形容山势高峻。

　　②故物：旧物，前人遗物。

③陌上：路上。

④铜驼：铜铸的骆驼，多置于宫门寝殿之前。这里指铜驼街，在今河南洛阳古洛阳城中，以道旁曾有汉铸两尊相对铜驼而得名，为古代著名的繁华区域，后代指游冶之地或繁华之地。

⑤玉树：乐府吴声歌曲名，南朝陈后主所作歌曲《玉树后庭花》的简称，被视作亡国之音，这里泛指柔美的曲调。

忆江南

江南好，怀古意谁传。燕子矶①头红蓼②月，乌衣巷③口绿杨烟。风景忆当年。

【注释】

①燕子矶：地名，在江苏南京东北郊观音门外，突出的岩石屹立长江边，三面悬绝，宛如飞燕，故名。

②红蓼：蓼的一种，多生于水边，花呈淡红色。

③乌衣巷：地名，在今江苏南京，是东晋士族名门的聚居区。晋宋时期王、谢等名门望族住于此。

忆江南

江南好，真个①到梁溪②。一幅云林③高士④画，数行泉石⑤故人题。还似梦游非？

【注释】

①真个：的确，真的。

②梁溪：水名，在江苏无锡西，源出惠山，流入太湖。古时此水极窄，梁时疏浚，故名。

③云林：元代画家倪瓒的别号。纳兰性德好友严绳孙擅长画山水，此处借指严绳孙。

④高士：品行高尚的人，超脱世俗的人，多指隐士。

⑤泉石：指山水。

忆江南

江南好，虎阜①晚秋天。山水总归诗格②秀，笙箫③恰称语音圆。谁在木兰船④。

【注释】

①虎阜：虎丘，山名。在江苏苏州市西北，亦名海涌山，唐时因避讳曾改称武丘或兽丘，后复旧称，相传吴王阖闾葬于此。汉袁康《越绝书·外传记·吴地传》："阖闾冢在阊门外，名虎丘……筑三日而白虎居上，故号为虎丘。"其上有虎丘塔、云岩寺、剑池、千人石等名胜古迹。

②诗格：诗的风格，此处指山水极富诗情画意。

③笙箫：笙和箫，泛指管乐器。

④木兰船：木兰舟。南朝梁刘孝威《采莲曲》："金桨木兰船，戏采江南莲。"

忆江南

　　江南好，水是二泉^①清。味永出山那得浊，名高^②有锡更谁争。何必让中泠^③。

【注释】

　　①二泉：指无锡惠山泉，又名"陆子泉"，因其有天下第二泉之称，故名。

　　②名高：崇高的声誉，名声显赫。

　　③中泠：泉名，即中泠泉。在今江苏镇江西北金山下的长江中。今江岸沙涨，泉已没沙中。相传其水烹茶最佳，有"天下第一泉"之称。

忆江南

　　江南好，佳丽数维扬^①。自是琼花^②偏得月，那应金粉^③不兼香。谁与话清凉^④。

【注释】

　　①维扬：扬州的别称。《尚书·禹贡》谓"淮海惟扬州"，《毛诗》将"惟"字作"维"，后人截取二字以为名。

　　②琼花：一种珍贵的花，扬州琼花为绝世之珍，叶柔而莹泽，花色微黄而有香味，有"维扬一枝花，四海无同类"一说。北宋宋敏求《春明退朝录》卷下："扬州后土庙有琼花一株，或云自唐所植，即李卫

公所谓玉蕊花也。"宋淳熙以后，多为聚八仙（八仙花）接木移植。此花虽无古琼花异香芳郁，但树姿与花形皆似当年之琼花。

③金粉：黄色的花粉，这里代指琼花。

④清凉：凉而使人清爽。

忆江南

江南好，铁瓮①古南徐②。立马③江山千里目，射蛟④风雨百灵⑤趋。北顾⑥更踟蹰。

【注释】

①铁瓮：铁瓮城，江苏镇江古城名，三国时孙权所建。宋王令《忆润州葛使君》云："金山寺近尘埃绝，铁瓮城高气象雄。"

②南徐：古州名。东晋置徐州于京口城，南朝宋改称南徐，即今江苏镇江，历齐梁陈至隋开皇年间废。

③立马：骑在站立不动的马上，驻马。

④射蛟：指汉武帝射获江蛟之事。《汉书·武帝纪》："（元封）五年冬，行南巡狩……自寻阳浮江，亲射蛟江中，获之。"唐李白《永王东巡歌》之九："祖龙浮海不成桥，汉武寻阳空射蛟。"后诗文中作为颂扬帝王勇武的典故。

⑤百灵：各种神灵。《文选·班固〈东都赋〉》："礼神，怀百灵。"李善注："《毛诗》曰：'怀柔百神。'"

⑥北顾：山名，即北固山，在江苏镇江市区东北江滨。有南、中、北三峰，三面临长江，形势险固，故称"北固"。有"京口第一山"之

称。梁武帝曾登此山，挥笔写下"此乃天下第一江山也"的题词。后改名"北顾"。

忆江南

江南好，一片妙高①云。砚北峰峦米外史②，屏间楼阁李将军③。金碧壹斜曛④。

【注释】

①妙高：妙高峰，在江苏镇江金山的最高处，顶上妙高台，一名晒台。

②米外史：宋代书画家米芾别号海岳外史，故称。

③李将军：李思训，唐宗室，人称大李将军，善画山水树石，笔力遒劲，后人画着色山水多取其法。

④斜曛：落日的余晖。

忆江南

江南好，何处异京华①。香散翠帘②多在水，绿残红叶胜于花。无事③避风沙。

【注释】

①京华：国都，京城。

②翠帘：绿色的帘幕。

③无事：无须，没有必要。

忆江南

新来①好，唱得虎头词②。一片冷香③惟有梦，十分清瘦更无诗。标格④早梅知。

【注释】

①新来：新近，近来。

②虎头词：好友顾贞观客居苏州时所填之词。虎头，晋代画家顾恺之小字虎头，顾贞观与之同姓，这里借指顾贞观。

③冷香：指清香的花，这里指梅花的清香。

④标格：风范，品格。

【点评】

以梁汾咏梅句喻梁汾词。赏会若斯，岂易得之并世。

——况周颐

赤枣子

惊晓漏①，护春眠。格外娇慵②只自怜。寄语酿花③风日好，绿窗来与上琴弦④。

【注释】

①晓漏：清晓的铜壶滴漏之声。

②娇慵：指刚睡醒惺忪妩媚的样子。

③酿花：催花绽放。

④上琴弦：代指弹琴。

【点评】

这颇有花间词的香软之风，落笔多在闺房，以堆砌华艳的词藻来形容女子的情态。

——赵明华

玉连环影
（按：此调谱律不载，或亦自度曲①）

何处②？几叶萧萧雨。湿尽檐花③，花底人无语。掩屏山④，玉炉寒。谁见两眉愁聚，倚阑干⑤。

【注释】

①自度曲：谓在旧有曲调外，自行谱制新曲，或指在旧词调之外自己新创作的词调。

②何处：何时。古诗文中表示询问时间的用语。

③檐花：屋檐之下的鲜花。

④屏山：屏风，因屏风曲折若重山叠嶂，或屏风上绘有山水图画等而得名。

⑤阑干：同"栏杆"，用竹、木、金属等制成的遮拦物。

遐方怨

　　攲^①角枕^②，掩红窗。梦到江南，伊家博山^③沉水香^④。浣裙^⑤归晚坐思量。轻烟笼浅黛^⑥，月茫茫。

【注释】

　　①攲：通"倚"，斜倚，斜靠。
　　②角枕：角制或用角装饰的枕头。
　　③博山：博山炉的简称，一种香炉。因炉盖上的造型似传闻中的海中名山博山而得名。一说像华山，因秦昭王与天神博于此，故名。通常作为名贵香炉的代称。
　　④沉水香：沉香，指以沉香制作的香。
　　⑤浣裙：浣衣，洗衣。
　　⑥浅黛：用青黛淡画的眉毛。黛，古代女子用以画眉的青黑色颜料。

浪淘沙　望海

　　蜃阙^①半模糊，踏浪惊呼。任将蠡测^②笑江湖。沐日光华还浴月，我欲乘桴^③。

　　钓得六鳌^④无？竿拂珊瑚。桑田清浅问麻姑^⑤。水气浮天天接水，那是蓬壶^⑥？

【注释】

　　①蜃阙：蜃楼。古人谓蜃气变幻成的楼阁。

②蠡(lǐ)测：蠡酌，以瓠瓢测量海水。比喻见识短浅，以浅见量度人，"以蠡测海"的略语。笑江湖：典出《庄子·秋水》，"秋水时至，百川灌河。……河伯欣然自喜，以天下之美为尽在己"，后见到大海，则望洋兴叹云："吾长见笑于大方之家。"

③乘桴：乘坐竹木小筏。《论语》云："道不行，乘桴浮于海。"

④六鳌：神话中负载五座仙山的六只大龟。相传渤海之东有一深壑，中有岱舆、员峤、方壶、瀛洲、蓬莱五山，乃仙圣所居之地。然五山皆浮于海，常随潮波上下往还。《列子·汤问》："帝恐流于西极，失群仙圣之居，乃命禺疆使巨鳌十五，举首而戴之。迭为三番，六万岁一交焉。五山始峙而不动。而龙伯之国有大人，举足不盈数步而暨五山之所，一钓而连六鳌，合负而趣，归其国，灼其骨以数焉。于是岱舆、员峤二山流于北极，沉于大海，仙圣之播迁者巨亿计。"

⑤麻姑：中国神话人物。东汉时应召降临蔡经家，能掷米成珠，相传在绛珠河畔以灵芝酿酒以备蟠桃会上为西王母祝寿，故旧时为妇女祝寿多绘麻姑像以赠，称麻姑献寿。

⑥蓬壶：这里指蓬莱，古代传说中的海中仙山。晋王嘉《拾遗记·高辛》："三壶则海中三山也。一曰方壶，则方丈也；二曰蓬壶，则蓬莱也；三曰瀛壶，则瀛洲也。形如壶。"

浪淘沙

双燕又飞还，好景阑珊①。东风那惜②小眉弯③。芳草绿波吹不尽，只隔遥山。

花雨④忆前番，粉泪⑤偷弹。倚楼谁与话春闲。数到今朝三月二⑥，梦见犹难。

①阑珊: 残, 将尽。

②那惜: 不顾惜, 不管。

③小眉弯: 皱眉。

④花雨: 落花如雨, 形容彩花纷飞。

⑤粉泪: 旧称女子之泪。

⑥三月二: 古代上巳节, 汉以前以农历三月上旬巳日为"上巳", 是游春之日, 这天人们到水边洗濯、饮酒、欢聚等, 以驱邪避祸, 消除不祥。宋王嵎《夜行船》: "曲水溅裙三月二。"

诉衷情

冷落绣衾谁与伴? 倚香篝。春睡起, 斜日照梳头。欲写①两眉愁, 休休②。远山残翠收③, 莫登楼。

【注释】

①写: 这里指描眉。

②休休: 不要, 罢了, 表示禁止或劝阻。

③收: 消失, 消散。

【点评】

此词写思妇春日无聊的情状。虽然着墨不多, 但形象生动, 呼之欲出。

——盛冬铃

浣溪沙　寄严荪友^①

藕荡桥^②边理钓筒^③，苎萝^④西去五湖^⑤东。笔床^⑥茶灶^⑦太从容。

况有短墙^⑧银杏雨，更兼高阁^⑨玉兰风。画眉闲了画芙蓉。

【注释】

①严荪友：严绳孙，字荪友，一字冬荪，号秋水，自称勾吴严四，复号藕荡渔人。江苏无锡人，一作昆山人。康熙己未（一作戊午，误）以布衣举鸿博授检讨，为四布衣之一。

②藕荡桥：严绳孙无锡西洋溪宅第附近的一座桥，严绳孙以此而自号藕荡渔人。

③钓筒：插在水里捕鱼的竹器。

④苎萝：苎萝山，在浙江诸暨市南，相传西施为此山鬻薪者之女。

⑤五湖：太湖。《国语·越语下》："果兴师而伐吴，战于五湖。"韦昭注："五湖，今太湖。"

⑥笔床：搁放毛笔的专用器物，南朝徐陵在《〈玉台新咏〉序》中说："琉璃砚匣，终日随身；翡翠笔床，无时离手。"如同今天的文具盒。

⑦茶灶：烹茶的小炉灶。

⑧短墙：矮墙。

⑨高阁：放置书籍、器物的高架子。

如梦令

正是辘轳①金井，满砌落花红冷。蓦地一相逢，心事眼波难定。谁省，谁省，从此簟纹②灯影。

【注释】

①辘轳：古代安置在井上用来汲水的起重装置。

②簟（diàn）纹：指竹席的纹络，此处借指孤眠幽独的景况。

【点评】

所为乐府小令，婉丽凄清，使读者哀乐不知所主。

——顾贞观

如梦令

木叶纷纷归路，残月晓风何处。消息半浮沈①，今夜相思几许。秋雨，秋雨，一半西风吹去。

【注释】

①浮沈："浮沉"，意谓消息隔绝。

【点评】

容若词深得五代之妙，如此阕尤为神似。

——陈廷焯

浣溪沙

十里湖光载酒游，青帘①低映白苹洲②。西风听彻采菱讴③。

沙岸④有时双袖⑤拥，画船何处一竿⑥收。归来无语晚妆楼。

【注释】

①青帘：旧时酒店门口挂的幌子，多用青布制成。

②白苹洲：泛指长满白色花的沙洲。唐李益《柳杨送客》诗："青枫江畔白蘋洲，楚客伤离不待秋。"

③采菱讴：乐府清商曲名，又称《采菱歌》《采菱曲》。

④沙岸：用沙石等筑成的堤岸。

⑤双袖：借指美女。

⑥一竿：宋时京师买妾，一妾需五千钱，每五千钱名为"一竿"。南唐李煜《渔父》："浪花有意千重雪，桃花无言一队春。一壶酒，一竿身，快活如侬有几人。"故此处之"一竿"亦可指渔人。

浣溪沙

脂粉塘①空遍绿苔，掠泥营垒燕相催。妒他飞去却飞回。

一骑近从梅里过，片帆②遥自藕溪来。博山香烬未全灰。

①脂粉塘：溪名。传说为春秋时西施沐浴处。这里指闺阁之外的溪塘。

②片帆：孤舟，一只船。

浣溪沙　大觉寺①

燕垒②空梁画壁寒，诸天③花雨④散幽关⑤。篆香⑥清梵⑦有无间。

蛱蝶⑧乍从帘影度，樱桃半是鸟衔残。此时相对一忘言⑨。

【注释】

①大觉寺：可能为今北京西北郊大觉寺。此寺始建于辽咸雍四年，初名"清水院"，后改"灵泉寺"，为金代"西山八景"之一。明宣德年重修，改名"大觉寺"。

②燕垒：燕子的窝。

③诸天：佛教语。指护法众天神。佛经言欲界有六天，色界之四禅有十八天，无色界之四处有四天，其他尚有日天、月天、韦驮天等诸天神，总称之曰诸天。

④花雨：佛教语，诸天为赞叹佛说法之功德而散花如雨。后用为赞颂高僧、颂扬佛法之词。

⑤幽关：深邃的关隘，紧闭的关门。

⑥篆香：犹盘香。

⑦清梵：谓僧尼诵经的声音。南朝梁王僧孺《初夜文》："大招离垢之宾，广集应真之侣，清梵含吐，一唱三叹。"

⑧蛱（jiá）蝶：蛱蝶科的一种蝴蝶，翅膀呈赤黄色，有黑色纹饰，幼虫身上多刺。

⑨忘言：谓心中领会其意，不须用言语来说明。

浣溪沙

抛却无端恨转长，慈云①稽首②返生香。妙莲花说③试推详④。

但是有情皆满愿⑤，更从何处著思量。篆烟⑥残烛并回肠⑦。

【注释】

①慈云：佛教语，比喻慈悲心怀如云泽之广覆盖世界众生。

②稽首：古时的一种跪拜礼，叩头至地，是九拜中最恭敬的。

③妙莲花说：谓佛门妙法。莲花，喻佛门之妙法。莲花世界为佛教所称西方极乐世界。明汪廷讷《狮吼记·摄对》："安得三轮尽空，化作莲花世界。"

④推详：仔细推究。

⑤满愿：佛教语，谓实现了发愿要做的事。唐皮日休《病后春思》诗："应笑病来惭满愿，花笺好作断肠文。"

⑥篆烟：盘香的烟缕。

⑦回肠：喻思虑忧愁盘旋于脑际，如肠之来回蠕动。

浣溪沙　小兀喇①

桦屋鱼衣②柳作城，蛟龙鳞动浪花腥。飞扬应逐海东青③。

犹记当年军垒④迹，不知何处梵钟声⑤。莫将兴废⑥话分明。

【注释】

①兀喇：亦作乌喇，即今吉林省吉林市。

②鱼衣：用鱼皮做成的衣服。

③海东青：一种凶猛而珍贵的鸟，属雕类。产于黑龙江下游及附近海岛。宋庄绰《鸡肋编》："鸷禽来自海东，唯青鹘最嘉，故号海东青。"

④军垒：军营周围的防御工事。《国语·吴语》："今大国越录，而造于弊邑之军垒。"

⑤梵钟声：佛寺中的钟声，僧人诵经时敲击。

⑥兴废：盛衰，兴亡。

浣溪沙　姜女祠①

海色残阳影断霓②，寒涛日夜女郎祠③。翠钿④尘网上蛛丝。

澄海楼⑤高空极目，望夫石⑥在且留题。六王⑦如梦祖龙⑧非。

【注释】

①姜女祠：又称贞女祠，在山海关欢喜岭以东凤凰山上。据民间传说，在秦始皇时，孟姜女的丈夫被强迫修筑长城，一去几年音信全无。孟姜女不远千里送去寒衣，却未找到丈夫。她在长城下痛哭，城墙因而崩裂，露出了她丈夫的尸骨。孟姜女痛不欲生，投海而死。姜女祠就是为纪念她而建，相传始建于宋，明代重修。

②断霓：断虹。霓，虹。

③女郎祠：姜女祠。

④翠钿：用翠玉制成的首饰。

⑤澄海楼：楼名。在河北旧临榆县南宁海城上，明兵部主事王致中建。

⑥望夫石：辽宁兴城西南望夫山之望夫石，相传为孟姜女望夫所化。

⑦六王：指战国齐、楚、燕、韩、魏、赵六国之王。

⑧祖龙：指秦始皇。

天仙子

梦里蘼芜①青一剪，玉郎②经岁音书远。暗钟③明月不归来，梁上燕，轻罗扇④。好风又落桃花片。

【注释】

①蘼芜：又名蕲、薇芜、江蓠，据辞书解释，其苗似芎，叶似当归，香气似白芷，是一种香草。叶子风干可以做香料，亦可以作为香囊的填充物。古人相信蘼芜可使妇人多子。然而在古诗词中，蘼芜一词多与夫妻分离或闺怨有关。《玉台新咏·古诗》中有："上山采蘼芜，下山逢故夫。"

②玉郎：古代对男子的美称，也可为女子对丈夫或者情人的爱称。

③暗钟：昏暗夜晚里的钟声。

④轻罗扇：质地极薄的纱制成的扇子，多为女子夏天纳凉所用。

天仙子

好在软绡①红泪积，漏痕②斜罥③菱丝④碧。古钗⑤封寄玉关⑥秋，天咫尺，人南北。不信鸳鸯头不白。

【注释】

①软绡：轻纱，一种柔软轻薄的丝织品，此处指轻薄柔软的丝质衣物。

②漏痕：毛笔书法的一种笔法，谓行笔须藏锋。宋姜夔《续书谱》："用笔如折钗股，如屋漏痕，如锥画沙。"

③斜罥（juàn）：斜挂着。

④菱丝：菱蔓。

⑤古钗：亦作"古钗脚"，比喻书法笔力遒劲。

⑥玉关：玉门关，代指遥远的征戍之地。

小令之作，"虽小却好，虽好却小"。

——刘熙载

玩词义确有拟古意味。但尽管浅叙白描，浑朴古拙，却不失情真意密。

——张秉戍

天仙子　渌水亭①秋夜

水浴凉蟾②风入袂，鱼鳞蹙损金波③碎。好天良夜④酒盈尊，心自醉，愁难睡。西南月落城乌起。

【注释】

①渌水亭：纳兰性德家中的池畔园亭。

②凉蟾：指水中秋月。

③金波：指水中反射着耀眼的月光。

④好天良夜：好时光，好日子。

好事近

帘外五更风，消受晓寒时节。刚剩①秋衾一半，拥透帘残月。

争教②清泪不成冰？好处便轻别。拟把伤离③情绪，待晓寒重说。

①剩:与"盛"音意相通。

②争教:怎教。

③伤离:为离别而感伤。

好事近

马首望青山,零落繁华如此。再向断烟衰草^①,认
藓碑^②题字。

休寻折戟^③话当年,只洒悲秋泪。斜日十三陵下,
过新丰^④猎骑^⑤。

【注释】

①衰草:干枯的草。

②藓碑:长满苔藓的石碑。藓,苔藓。

③折戟:断戟被沉没在沙里,指惨败。

④新丰:县名,汉高祖七年置,唐废,治所在今陕西临潼西北。

⑤猎骑:骑马行猎者。

好事近

何路向家园,历历^①残山剩水^②。都把一春冷淡,到
麦秋天气^③。

料应重发隔年花④，莫问花前事。纵使东风依旧，怕红颜不似。

【注释】

①历历：（物体或景象）一个一个清晰分明，意思是零落。

②残山剩水：残存的山岳河流，零散的山水。

③麦秋天气：谓农历四五月，麦子成熟后的收割季节。

④隔年花：去年之花。

江城子　咏史

湿云①全压数峰低。影凄迷，望中疑。非雾非烟，神女②欲来时。若问生涯原是梦，除梦里，没人知。

【注释】

①湿云：湿度大的云，指云中满含雨水。

②神女：谓巫山神女。《文选·宋玉〈高唐赋〉序》："昔者先王尝游高唐，怠而昼寝，梦见一妇人曰：'妾，巫山之女也。'"李善注引《襄阳耆旧传》："赤帝女曰姚姬，未行而卒，葬于巫山之阳，故曰巫山之女。楚怀王游于高唐，昼寝，梦见与神遇，自称是巫山之女。"

长相思

山一程，水一程。身向榆关①那畔②行，夜深千帐灯。

风一更，雪一更。聒^③碎乡心^④梦不成，故园无此声。

【注释】

①榆关：山海关，古称渝关、临榆关、临渝关，明朝时改为今名，其地古有渝水，县与关都以水得名，在今河北秦皇岛。

②那畔：那边。

③聒：吵闹之声。

④乡心：思念家乡的心情。

【点评】

容若词自然真切。

——王国维

相见欢

微云一抹^①遥峰，冷溶溶。恰与个人^②清晓画眉同。红蜡泪，青绫^③被，水沉^④浓。却向黄茅野店^⑤听西风。

【注释】

①微云一抹：一片微云。

②个人：犹言那人，指意中人。

③青绫：青色的有花纹的丝织物，古时贵族常用以制被服帷帐。

④水沉：水沉香，用沉香制成的香。这里指这种香点燃时所生的烟或香气。

⑤黄茅野店：喻指荒野僻远之地。

　　这词上下阕分写两个人的心情。丈夫在野外，看到远山便想起妻子；妻子在闺中，点起红烛，盖着锦被，薰着沉香，但灵魂却跑到荒郊野店，和丈夫一起听着西风的嘶叫。这一写法，构思相当精巧。

——黄天骥

相见欢

　　落花如梦凄迷①，麝烟②微。又是夕阳潜下小楼西。愁无限，消瘦尽，有谁知。闲教玉笼鹦鹉念郎诗③。

【注释】

　　①凄迷：形容景物凄凉迷茫，这里指悲伤怅惘。

　　②麝烟：焚烧麝香所散发的烟气。

　　③闲教玉笼鹦鹉念郎诗：此句由柳永"却傍金笼共鹦鹉，念粉郎言语"之句而来。

昭君怨

　　深禁①好春谁惜，薄暮瑶阶②伫立。别院管弦声，不分明。

　　又是梨花欲谢，绣被春寒今夜。寂寞锁朱门，梦承恩③。

【注释】

①深禁：深宫。禁，帝王之宫殿。

②瑶阶：玉砌的台阶，亦用作石阶的美称，这里指官中的阶砌。

③承恩：蒙受恩泽，谓被君王宠幸。

昭君怨

暮雨丝丝吹湿，倦柳愁荷风急。瘦骨不禁秋，总成愁。

别有心情怎说，未是诉愁时节。谯鼓①已三更，梦须成。

【注释】

①谯鼓：谯楼上的更鼓。

清平乐

烟轻雨小，望里青难了。一缕断虹①垂树杪②，又是乱山残照。

凭高目断征途，暮云千里平芜③。日夜河流东下，锦书应托双鱼④。

【注释】

①断虹：一段彩虹，残虹。

②树杪（miǎo）：树梢。

③平芜：草木丛生的平旷原野。

④双鱼：亦称"双鲤"，一底一盖，把书信夹在里面的鱼形木板，常指代书信。

清平乐

青陵蝶梦①，倒挂怜么凤②。退粉收香情一种，栖傍玉钗偷共。

愔愔③镜阁④飞蛾，谁传锦字秋河⑤？莲子依然隐雾⑥，菱花⑦暗惜横波⑧。

【注释】

①青陵蝶梦：离别的妻室。

②么凤：鹦鹉的一种。体形较燕子小，羽毛五色，每至暮春来集桐花，故又称桐花凤。

③愔（yīn）愔：幽深貌，悄寂貌。

④镜阁：指女子住室。

⑤秋河：银河。

⑥隐雾：谓隐遁待时，犹"隐约"。

⑦菱花：指菱花镜，古代铜镜名，镜多为六角形或背面刻有菱花者名菱花镜，亦泛指镜子。

⑧横波：眼神闪烁，有神采。

清平乐

将愁^①不去，秋色行难住。六曲屏山^②深院宇，日日风风雨雨。

雨晴篱菊^③初香，人言此日重阳。回首凉云^④暮叶，黄昏无限思量。

【注释】

①将愁：长久之愁。将，长久。

②六曲屏山：如山峦般曲折往复的屏风。

③篱菊：谓篱下的菊花。语出晋陶潜《饮酒》诗之五："采菊东篱下，悠然见南山。"后用以为典实。

④凉云：阴凉的云。南朝齐谢朓《七夕赋》："朱光既夕，凉云始浮。"

清平乐

凄凄切切^①，惨淡黄花节^②。梦里砧声^③浑未歇，那更乱蛩^④悲咽^⑤。

尘生燕子空楼，抛残弦索^⑥床头。一样晓风残月，而今触绪^⑦添愁。

【注释】

①切切：哀怨、忧伤貌。

②黄花节：指重阳节。黄花，菊花。

③砧声：捣衣声。

④蛩（qióng）：指蟋蟀。

⑤悲咽：悲伤呜咽。

⑥弦索：弦乐器上的弦，代指弦乐器。

⑦触绪：触动心绪。

清平乐　忆梁汾

才听夜雨，便觉秋如许。绕砌蛩螿①人不语，有梦转愁无据②。

乱山千叠横江③，忆君游倦④何方。知否小窗红烛。照人此夜凄凉。

【注释】

①蛩螿（jiāng）：蟋蟀和寒蝉。蛩，蟋蟀。螿，蝉。

②无据：不足凭，不可靠。

③横江：横陈江上，横越江上。

④游倦：犹倦游，指仕宦漂泊潦倒。

清平乐

塞鸿①去矣，锦字何时寄。记得灯前伴忍泪，却问明朝行未。

别来几度如珪[2]，飘零落叶成堆。一种晓寒残梦，凄凉毕竟因谁。

【注释】

①塞鸿：塞外的鸿雁。塞鸿，秋季南飞春季北返，故古人常以之作比，表示对远离家乡的亲人的怀念。

②珪（guī）：通"圭"。古代帝王或诸侯在举行典礼时拿的一种玉器，上圆下方，此处借喻月圆而缺。

清平乐

风鬟雨鬓[1]，偏是来无准。倦倚玉阑看月晕，容易语低香近。

软风[2]吹遍窗纱，心期[3]更隔天涯。从此伤春伤别，黄昏只对梨花。

【注释】

①风鬟雨鬓：形容妇女在外奔波劳碌，头发散乱。后代指女子。

②软风：柔和的风。

③心期：心中相许，引申为相思。

清平乐　秋思

孤花片叶，断送清秋节[1]。寂寂绣屏香篆[2]灭，暗里朱颜消歇[3]。

谁怜散髻吹笙④，天涯芳草关情⑤。懊恼隔帘幽梦，半床花月纵横。

【注释】

①清秋节：清爽的秋天时节。

②香篆：篆香，形似篆文。

③消歇：消失，止歇。

④吹笙：喻饮酒。宋张元干《浣溪沙》："谩以窃尝为吹笙。"

⑤关情：动心，牵动情怀。

清平乐　弹琴峡题壁

泠泠①彻夜，谁是知音者。如梦前朝何处也，一曲边愁难写。

极天②关塞云中，人随雁落西风。唤取③红襟翠袖，莫教泪洒英雄。

【注释】

①泠（líng）泠：形容清凉、冷清，借指清幽的声音。

②极天：指天之极远处。

③唤取：唤得，唤着。

清平乐　上元①月蚀

瑶华②映阙，烘散蒐墀③雪。比似寻常清景④别，第一团圆时节。

影娥⑤忽泛初弦⑥，分辉借与宫莲⑦。七宝⑧修成合璧，重轮⑨岁岁中天。

【注释】

①上元：俗以农历正月十五日为上元节，也叫元宵节。

②瑶华：指美玉。

③蓂墀（míng chí）：生长着瑞草的殿阶。蓂，一种象征祥瑞的草。

④清景：犹清光。三国曹植《公宴》："明月澄清景，列宿正参差。"晋葛洪《抱朴子·广譬》："三辰蔽于天，则清景暗于地。"

⑤影娥：影娥池。汉代未央宫中池名，本凿以玩月，后指清可鉴月的水池。《洞冥记·卷三》谓："（汉武）帝于望鹄台西起俯月台，穿池广千尺，登台以眺月，影入池中，使宫人乘舟弄月影，因名影娥池。"

⑥初弦：上弦月，指农历每月初七八的月亮。其时月如弓弦，故称。

⑦宫莲：莲花瓣的美称。

⑧七宝：圆月的美称，古代民间传说，月由七宝合成，故云。

⑨重轮：月亮周围光线经云层冰晶的折射而形成的光圈，古代以为祥瑞之象。

东风齐著力

电急流光①，天生薄命，有泪如潮。勉为欢谑②，到底总无聊。欲谱频年离恨，言已尽、恨未曾消。凭谁把，一天愁绪，按出琼箫③。

往事水迢迢。窗前月、几番空照魂销。旧欢新梦，雁齿④小红桥。最是烧灯时候，宜春髻、酒暖蒲萄⑤。凄凉煞、五枝青玉⑥，风雨飘飘。

【注释】

①电急流光：形容时间过得极快，犹如电闪流急。

②欢谑：欢乐戏谑。南朝梁刘勰《文心雕龙·谐隐》："怨怒之情不一，欢谑之言无方。"

③琼箫：玉箫。

④雁齿：比喻排列整齐之物，常比喻桥的台阶。

⑤蒲萄：葡萄酒。

⑥五枝青玉：指灯。《西京杂记》谓：咸阳宫有青玉玉枝灯，高七尺五寸，作蟠螭，以口衔灯，灯燃，鳞甲皆动。

满江红　茅屋新成却赋①

问我何心？却构此、三楹茅屋②。可学得、海鸥无事，闲飞闲宿。百感都随流水去，一身还被浮名束。误东风、迟日③杏花天④，红牙⑤曲。

尘土梦，蕉中鹿⑥。翻覆手⑦，看棋局。且耽闲殢酒⑧，消⑨他薄福。雪后谁遮檐角翠，雨余好种墙阴绿。有些些⑩、欲说向寒宵，西窗烛。

【注释】

①却赋：再赋。却，再。

②三楹茅屋：泛指几间茅屋。楹，房屋一间为一楹。

③迟日：春日，语出《诗经·豳风·七月》"春日迟迟"。

④杏花天：杏花开放时节，指春天。

⑤红牙：乐器名，檀木制的拍板，用以调节乐曲的节拍。

⑥蕉中鹿：《列子·周穆王》："郑人有薪于野者，遇骇鹿，御而击之，毙之。恐人见之也，遽而藏诸隍中，覆之以蕉，不胜其喜。俄而遗其所藏之处，遂以为梦焉。"后以此典而成"蕉中鹿"，形容世间事物真伪难辨，得失无常等。蕉，通"樵"。

⑦翻覆手：《史记·郦生陆贾列传》："陆生因进说他曰：'⋯⋯汉诚闻之，掘烧王先人冢，夷灭宗族，使一偏将将十万众临越，则越杀王降汉，如反覆手耳。'"唐杜甫《贫交行》："翻手作云覆手雨，纷纷轻薄何须数。"后以此典而成"翻云覆雨""翻覆手"等，形容人反复无常或惯耍手段。

⑧酾（tì）酒：纵酒。宋辛弃疾《最高楼》："藕花雨湿前湖夜，桂枝风淡小山时，怎消除？须酾酒，更吟诗。"

⑨消：享受。

⑩有些些：有少量，有一点点。

满江红

代北①燕南②，应不隔、月明千里。谁相念、胭脂山③下，悲哉秋气④。小立乍惊清露湿，孤眠最惜浓香腻。

况夜乌、啼绝四更头，边声⑤起。

销不尽，悲歌意。匀不尽，相思泪。想故园今夜，玉阑谁倚？青海⑥不来如意梦，红笺暂写违心字。道别来、浑是不关心，东堂桂⑦。

【注释】

①代北：泛指汉、晋代郡和唐以后代州北部或以北地区。今山西北部及河北西北部一带。

②燕南：泛指黄河以北地区。

③胭脂山：燕支山。古在匈奴境内，以产燕支（胭脂）草而得名。匈奴失此山，曾作歌曰："失我燕支山，使我妇女无颜色。"因水草丰美，宜于畜牧，一向为塞外值得怀念的地方。

④秋气：指秋日的凄清、肃杀之气。

⑤边声：边境上的马嘶、风号等声音。宋范仲淹《渔家傲》："四面边声连角起，千嶂里，长烟落日孤城闭。"

⑥青海：本指青海省内最大的咸水湖，蒙古语为"库库诺尔"意即"青色的湖"。在青海东北部大通山、日月山和青海南山之间，北魏时始用此名。后比喻边远荒漠之地。

⑦东堂桂：语出《晋书·郤诜传》：郤诜以对策上第，拜仪郎。后迁官，晋武帝于东堂会送，问诜曰："卿自以为何如？"诜对曰："臣举贤良对策，为天下第一。犹桂林之一枝，昆山之片玉。"后称科举考试及第为"东堂桂"。

满庭芳　题元人芦洲聚雁图

似有猿啼，更无渔唱^①，依稀落尽丹枫^②。湿云影里，点点宿宾鸿^③。占断^④沙洲寂寞，寒潮上、一抹烟笼。全不似，半江瑟瑟，相映半江红。

楚天秋欲尽，荻花吹处，竟日冥蒙^⑤。近黄陵祠庙^⑥，莫采芙蓉。我欲行吟去也，应难问、骚客^⑦遗踪。湘灵^⑧杳，一尊遥酹^⑨，还欲认青峰。

【注释】

①渔唱：渔人唱的歌。

②丹枫：经霜泛红的枫叶。唐李商隐《访秋》诗："殷勤报秋意，只是有丹枫。"

③宾鸿：鸿雁，大雁。

④占断：全部占有，占尽。唐吴融《杏花》诗："粉薄红轻掩敛羞，花中占断得风流。"

⑤冥蒙：幽暗不明。

⑥黄陵祠庙：黄陵庙。传说为舜二妃娥皇、女英之庙，亦称二妃庙，在今湖南湘阴之北。北魏郦道元《水经注·湘水》："湖水西流，径二妃庙南，世谓之黄陵庙也。"

⑦骚客：指屈原。

⑧湘灵：一说为古代传说中的湘水之神；一说为舜妃，即湘夫人。

⑨酹(lèi)：以酒浇地，表示祭奠，古代宴会往往行此仪式。

卷 二

水调歌头　题西山①秋爽图

空山梵呗②静，水月影俱沉。悠然一境人外，都不许尘侵。岁晚忆曾游处，犹记半竿斜照，一抹界疏林③。绝顶茅庵④里，老衲正孤吟。

云中锡⑤，溪头钓，涧边琴。此生著几两屐，谁识卧游⑥心？准拟乘风归去，错向槐安⑦回首，何日得投簪⑧。布袜青鞋⑨约，但向画图寻。

【注释】

①西山：山名，北京西郊群山的总称。南起拒马山，西北接军都山，有百花山、灵山、妙峰山、香山、翠微山、卢师山、玉泉山等峰，林泉清幽，为京郊名胜地。

②梵呗：佛教徒做法事时念诵经文的声音。

③疏林：稀疏的林木。

④茅庵：茅庐，草舍。

⑤锡：锡杖，谓僧人出行。

⑥卧游：指欣赏山水画、游记、图片等代替游览。

⑦槐安：槐安国或槐安梦的省称。唐李公佐《南柯太守传》载淳于棼饮酒古槐树下，醉后入梦见一城楼题大槐安国。槐安国王招其

为驸马，淳于棼任南柯太守三十年，享尽富贵荣华。醒后见槐下有一大蚁穴，南枝又有一小穴，即梦中的槐安国和南柯郡。后因用来比喻人生如梦、富贵无常。宋范成大《次韵宗伟阅番乐》："尽遣余钱付桑落，莫随短梦到槐安。"

⑧投簪：丢下固冠用的簪子，比喻弃官。晋陆机《应嘉赋》："苟形骸之可忘，岂投簪其必谷。"

⑨布袜青鞋：多指隐者或平民的装束，借指隐居，语出唐杜甫《奉先刘少府新画山水障歌》："青鞋布袜从此始。"

水调歌头　题岳阳楼①图

落日与湖水，终古②岳阳城。登临半是迁客③，历历数题名。欲问遗踪何处，但见微波木叶④，几簇打鱼罾⑤。多少别离恨，哀雁下前汀。

忽宜雨，旋宜月，更宜晴。人间无数金碧，未许⑥著空明。淡墨生绡⑦谱就，待俏横拖一笔，带出九疑⑧青。仿佛潇湘夜，鼓瑟⑨旧精灵⑩。

【注释】

①岳阳楼：湖南岳阳西门古城楼。相传三国吴鲁肃在此建阅兵台，唐开元四年中书令张说谪守巴陵（即今岳阳）时，在旧阅兵台基础上兴建此楼。主楼三层，巍峨雄壮。登楼远眺，八百里洞庭尽收眼底，为古今著名风景名胜。唐代著名诗人李白、杜甫、白居易、李商隐等都有咏岳阳楼诗。宋庆历五年滕子京守巴陵时重修，范仲淹为撰《岳阳楼记》，遂使此楼名益著。其后迭有兴废。

②终古：往昔，自古以来。

③迁客：遭贬迁的官员。

④木叶：树叶。《九歌·湘夫人》："袅袅兮秋风，洞庭波兮木叶下。"又，元萨都刺《芙蓉曲》："鲤鱼吹浪江波白，霜落洞庭飞木叶。"

⑤鱼罾（zēng）：渔网。唐杜甫《寄刘峡州伯华使君》诗："林居看蚁穴，野食待鱼罾。"

⑥未许：未如此。

⑦生绡：未漂煮过的丝织品。古时多用以作画，因亦以指画卷。唐韩愈《桃源图》诗："流水盘回山百转，生绡数幅垂中堂。"

⑧九疑：亦称"九嶷"，山名，在湖南宁远南。《山海经·海内经》："南方苍梧之丘，苍梧之渊，其中有九嶷山，舜之所葬，在长沙零陵界中。"郭璞注："其山九溪皆相似，故云'九疑'。"

⑨鼓瑟：弹瑟，这里指"湘灵鼓瑟"，谓湘水女神弹奏古瑟。《楚辞·远游》："使湘灵鼓瑟兮，令海若舞冯夷。"明张景《飞丸记·芸窗望遇》："我也曾见湘灵鼓瑟曲里称神。"

⑩精灵：指湘灵。

凤凰台上忆吹箫
除夕得梁汾闽中信，因赋

荔①粉初装，桃符②欲换，怀人拟赋然脂③。喜螺江④双鲤，忽展新词。稠叠⑤频年⑥离恨，匆匆里、一纸难题。分明见、临缄重发，欲寄迟迟。

心知。梅花佳句，待粉郎⑦香令⑧，再结相思。记画屏今夕，曾共题诗。独客料应无睡，慈恩⑨梦、那值微之⑩。重来日、梧桐夜雨，却话秋池⑪。

【注释】

①荔：植物名。又称木莲。常绿藤本，蔓生，叶椭圆形，花极小，隐于花托内。果实富胶汁，可制凉粉，有解暑作用。

②桃符：古时挂在大门上的两块画着门神或写着门神名字，用于辟邪的桃木板。后在其上贴春联。借代春联。

③然脂：泛指点燃火炬、灯烛之属。

④螺江：水名，也称螺女江。在福建福州西北。宋白玉蟾《寄三山彭鹤林》："瞻彼鹤林，在彼长乐。嵩山之上，螺江之角。"

⑤稠叠：稠密重叠，密密层层。

⑥频年：连续几年。

⑦粉郎：傅粉郎君，三国魏何晏美仪容，面如傅粉，尚魏公主封列侯，人称粉侯，亦称粉郎。

⑧香令：晋《襄阳记》："刘季和曰：'荀令君至人家，坐处三日香。'"后以"香令"指三国魏荀。亦用以借指高雅有才识之士。

⑨慈恩：慈恩寺的省称。唐代寺院名。旧寺在陕西长安东南、曲江北，宋时已毁，仅存雁塔（大雁塔）。今寺为近代新建，在陕西西安南郊。唐贞观二十二年李治（高宗）为太子时，就隋无漏寺旧址为母文德皇后追福所建，故名慈恩寺。

⑩微之：元稹，字微之。

⑪话秋池：唐李商隐《夜雨寄北》："问君归期未有期，巴山夜雨涨秋池。何当共剪西窗烛，却话巴山夜雨时。"

凤凰台上忆吹箫　守岁

锦瑟①何年，香屏②此夕，东风吹送相思。记巡檐③笑罢，共捻梅枝。还向烛花影里，催教看、燕蜡鸡丝④。如今但、一编消夜，冷暖谁知？

当时。欢娱见惯，道岁岁琼筵⑤，玉漏如斯。怅难寻旧约，枉费新词。次第朱幡⑥剪彩⑦，冠儿侧、斗转⑧蛾儿⑨。重验取、卢郎⑩青鬓，未觉春迟。

【注释】

①锦瑟：漆有织锦纹的瑟。借喻往日的好时光。唐李商隐《锦瑟》："锦瑟无端五十弦，一弦一柱思华年。"

②香屏：华美的屏风。南朝梁简文帝《美女篇》："朱颜半已醉，微笑隐香屏。"

③巡檐：来往于檐前。

④燕蜡鸡丝：燕蜡与鸡丝，旧俗农历正月初一所做的节日食品。明瞿祐《四时宜忌·正月事宜》谓："洛阳人家，正月元日造丝鸡、蜡燕、粉荔枝。"

⑤琼筵：盛宴，美宴。

⑥朱幡：指显贵之家所用的红色旗幡。

⑦剪彩：古代正月七日，以金银箔或彩帛剪成人或花鸟图形，插于发髻或贴在鬓角上，也有贴于窗户、门屏，或挂在树枝上作为装饰的，谓之"剪彩"。

⑧斗转：乱转。宋康与之《瑞鹤仙·上元应制》："闹蛾儿满路，

成团打块，簇着冠儿斗转。"

⑨蛾儿：古代妇女于元宵节前后插戴在头上的剪裁而成的应时饰物。

⑩卢郎：传说唐时有卢家子弟为校书郎时年已老，因晚娶，而遭妻怨。宋钱易《南部新书》云："卢家有子弟，年已暮，而犹为校书郎。晚娶崔氏子，崔有词翰，结褵之后，微有慊色。卢因请诗以述怀为戏，崔立成诗曰：'不怨卢郎年纪大，不怨卢郎官职卑。自恨妾身生较晚，不见卢郎年少时。'"后用为典故。

金菊对芙蓉　上元

金鸭①消香，银虬②泻水，谁家夜笛飞声？正上林③雪霁，鸳甃④晶莹。鱼龙舞⑤罢香车杳，剩尊前、袖掩吴绫⑥。狂游似梦，而今空记，密约烧灯⑦。

追念往事难凭。叹火树星桥，回首飘零。但九逵⑧烟月，依旧笼明。楚天一带惊烽火，问今宵、可照江城⑨？小窗残酒，阑珊灯灺⑩，别自关情。

【注释】

①金鸭：一种镀金的鸭形铜香炉，多用以熏香或取暖。唐戴叔伦《春怨》诗："金鸭香消欲断魂，梨花春雨掩重门。"

②银虬：亦作"银蚪"，银漏、虬箭，古代计时器漏壶底部的银质流水龙头。

③上林：上林苑，古宫苑名。一为秦旧苑，汉初荒废，至汉武帝时重新扩建。故址在今西安市西及周至、户县界；一为东汉光武帝时

建造，故址在今河南洛阳市东汉魏洛阳故城西，东汉永平十五年冬车骑校猎上林苑即此；一为南朝宋大明三年建造，故址在今江苏南京市玄武湖北。后泛指帝王的园囿。

④鸳甃（zhòu）：用对称的砖瓦砌成的井壁，亦借指井。宋秦观《水龙吟》词："卖花声过尽，斜阳院落，红成阵，飞鸳甃。"

⑤鱼龙舞：古代百戏杂耍节目，亦称鱼龙杂戏、鱼龙百戏。唐宋时京城于元宵节盛行此戏，唐张说《侍宴隆庆池应制》诗："鱼龙百戏纷容与，凫鹢双舟较溯洄。"鱼龙，指古代百戏杂耍中能变化为鱼和龙的猞猁模型，亦为该项百戏杂耍名。

⑥吴绫：古代吴地所产的一种有纹彩的丝织品，以轻薄著名。

⑦烧灯：点灯，举行灯会或灯市，指元宵节，旧俗于正月十五晚张灯结彩供人通宵观赏，故称。

⑧九逵（kuí）：四通八达的大道，后多指京城的大路。

⑨江城：临江之城市、城郭。唐崔湜《襄阳早秋寄岑侍郎》诗："江城秋气早，旭旦坐南闱。"

⑩炧：烧残的灯灰。

【点评】

贵能直写我目、我心此时、此际所得。

——刘永济

琵琶仙　中秋

碧海①年年，试问取、冰轮②为谁圆缺？吹到一片秋香，清辉了如雪。愁中看、好天良夜，知道尽成悲咽。

只影而今，那堪重对，旧时明月。

花径里、戏捉迷藏，曾惹下萧萧井梧叶③。记否轻纨小扇④，又几番凉热。只落得、填膺⑤百感，总茫茫、不关离别。一任紫玉⑥无情，夜寒吹裂。

【注释】

①碧海：此处指青天。

②冰轮：圆月。

③井梧叶：井边梧桐的树叶。

④轻纨小扇：指纨扇，用细绢制成的团扇。

⑤填膺：充塞于胸中。

⑥紫玉：古人多截取紫玉竹制作箫笛，因以紫玉为箫笛之代称。

【点评】

上片于布景过程，由天上到人间，不断提出问题。下片说情于往昔的思忆中，逐一揭示造成悲咽的原因。

——施议对

御带花　重九①夜

晚秋却胜春天好，情在冷香②深处。朱楼③六扇小屏山④，寂寞几分尘土。虹尾⑤烟消，人梦觉、碎虫零杵⑥。便强说欢娱，总是无憀⑦心绪。

转忆当年，消受尽皓腕⑧红荑，嫣然一顾。如今何事，向禅榻⑨茶烟，怕歌愁舞。玉粟⑩寒生，且领略、月明清露。叹此际凄凉，何必更、满城风雨。

【注释】

①重九：重阳，农历九月九日。旧时在这一天有登高的习俗。

②冷香：指清香的花。唐王建《野菊》诗："晚艳出荒篱，冷香着秋水。"

③朱楼：谓富丽华美的楼阁，《后汉书·冯衍传下》："伏朱楼而四望兮，采三秀之华英。"

④屏山：屏风。

⑤虬尾：指盘曲若虬的盘香。虬，古代传说中有角的小龙。

⑥碎虫零杵：断续的虫声和杵声。

⑦无憀（liáo）：空闲而烦闷的心情。

⑧皓腕：洁白的手腕，多用于女子，三国魏曹植《洛神赋》："攘皓腕于神浒兮，采湍濑之玄芝。"

⑨禅榻：禅床。宋郭彖《暌车志》卷三："惟丈室一僧，独坐禅榻。"

⑩玉粟：形容皮肤因受寒呈粟状。

酒泉子

谢却荼蘼①，一片月明如水。篆香消，犹未睡，早鸦啼。

嫩寒②无赖③罗衣薄，休傍阑干角。最愁人，灯欲落，雁还飞。

①荼蘼：落叶或半常绿蔓生小灌木，攀援茎，茎绿色，茎上有钩状的刺，上面有多数侧脉，致成皱纹，夏季开白花。

②嫩寒：轻寒，微寒。

③无赖：无奈。

生查子

东风不解愁，偷展湘裙①衩。独夜背纱笼②，影著纤腰画。

爇③尽水沉④烟，露滴鸳鸯瓦⑤。花骨⑥冷宜香，小立樱桃下。

【注释】

①湘裙：指用湘地丝绸制作的裙子。

②纱笼：纱制的灯笼。

③爇（ruò）：燃烧。

④水沉：水沉香。

⑤鸳鸯瓦：指成对的瓦。

⑥花骨：花骨朵，花蕾。

【点评】

此阕只写一女子夜间孤零形象，初在灯下，复又移于花下。其心情，则已由"东风不解愁"一句示出。

——赵秀亭、冯统一

生查子

鞭影①落春堤，绿锦鄣泥②卷。脉脉逗菱丝，嫩水③吴姬④眼。

啮膝⑤带香归，谁整樱桃宴⑥。蜡泪恼东风，旧垒⑦眠新燕。

【注释】

①鞭影：马鞭的影子。

②鄣（zhāng）泥：马鞯。垂于马腹两侧，用于遮挡泥土的东西。

③嫩水：指春水。

④吴姬：指吴地的美女。

⑤啮膝：良马名。

⑥樱桃宴：科举时代庆贺新进士及第的宴席，始于唐僖宗时期。后来也指文人雅会。

⑦旧垒：旧时的堡垒、营垒。

生查子

散帙①坐凝尘，吹气幽兰②并。茶名龙凤团③，香字④鸳鸯饼⑤。

玉局⑥类弹棋⑦，颠倒双栖影。花月不曾闲，莫放相思醒。

【注释】

①散帙（zhì）：打开书帙。借指读书。

②吹气幽兰：谓美人气息之香更胜兰花。

③龙凤团：茶名，即龙凤团茶，又称龙团凤饼，为宋代著名的贡茶，饼状。

④香字：犹香篆，指焚香时所起的烟缕。

⑤鸳鸯饼：古代形似鸳鸯的焚香饼，一饼之火，可终日不灭。

⑥玉局：棋盘的美称。

⑦弹棋：古代棋类游戏，源于汉代，相传汉武帝好蹴鞠，群臣谏劝，东方朔以弹棋进之，武帝便舍蹴鞠而尚弹棋；另一说西汉成帝时刘向仿蹴鞠形制而作，初用十二枚棋，每方六枚。两人对局时轮流以石箭弹对方棋子。魏时改用十六枚棋，唐代又增为二十四枚棋。宋代以后，因象棋盛行而渐趋衰落。

【点评】

寒酸语，不可作，即愁苦之音，亦以华贵出之，饮水词人，所以重光后身也。

——夏敬观

生查子

短焰剔残花①，夜久边声②寂。倦舞却闻鸡③，暗觉青绫湿。

天水接冥蒙④，一角西南白。欲渡浣花溪⑤，远梦⑥轻无力。

【注释】

①残花：残存的烛花。

②边声：指边境上羌管、胡笳、画角等声音。

③倦舞却闻鸡：引用闻鸡起舞的典故。这里谓倦于起舞却偏偏"闻鸡"的矛盾心理。

④冥蒙：幽暗不明。

⑤浣花溪：又名濯锦江、百花潭。在四川成都西郊，为锦江支流。溪旁有杜甫故居浣花草堂。杜诗中的浣花溪已成千古绝唱："两个黄鹂鸣翠柳，一行白鹭上青天。窗含西岭千秋雪，门泊东吴万里船。"

⑥远梦：指思念远方人的梦。

生查子

惆怅彩云飞①，碧落②知何许。不见合欢花③，空倚相思树④。

总是别时情，那得分明语。判得⑤最长宵，数尽厌厌⑥雨。

【注释】

①彩云飞：彩云飞逝。

②碧落：道家称东方第一层天，碧霞满空，叫"碧落"。后泛指天空。

③合欢花：别名夜合树、绒花树、乌绒树，落叶乔木，树皮灰色，羽状复叶，小叶对生，白天对开，夜间合拢。

④相思树：相传为战国宋康王的舍人韩凭和他的妻子何氏所化生。晋干宝《搜神记》卷十一载，宋康王舍人韩凭妻何氏貌美，康王夺之，并囚凭。凭自杀，何氏投台而死，遗书愿以尸骨与凭合葬。王怒，弗听，使里人埋之，两坟相望。不久，二冢之端各生大梓木，屈体相就，根交于下，枝错于上。又有鸳鸯雌雄各一，常栖树上，交颈悲鸣。宋人哀之，遂号其木曰"相思树"，以象征忠贞不渝的爱情。

⑤判得：心甘情愿地。

⑥厌厌：绵长、安静的样子。南唐冯延巳《长相思》："红满枝，绿满枝，宿雨厌厌睡起迟。"

忆秦娥　龙潭口①

山重叠，悬崖一线天疑裂。天疑裂，断碑②题字，古苔横啮。

风声雷动鸣金铁③，阴森潭底蛟龙窟。蛟龙窟，兴亡满眼，旧时明月。

【注释】

①龙潭口：说法不一。一说为龙潭山口，地址在清代吉林府伊通州西南，即今吉林市东郊龙潭山，康熙二十一年春，诗人护驾东巡过经此地；一说今山西盂县北之盂山亦有"龙潭"，又称"黑龙池"，诗人曾几度赴山西五台山，本篇所指或为此地；又或者指北京西山的黑龙潭，诗人也曾几次游历。

②断碑：断裂残缺的石碑。

③鸣金铁：形容风雷声如同金钲戈矛撞击之声。

忆秦娥

春深浅①，一痕摇漾②青如剪。青如剪，鹭鸶③立处，烟芜④平远。

吹开吹谢东风倦，缃桃⑤自惜红颜变。红颜变，兔葵燕麦⑥，重来相见。

【注释】

①深浅：偏义词，指深。

②摇漾：摇动荡漾。

③鹭鸶：又叫"鸬鹚"。水鸟名，翼大尾短，颈和腿很长，捕食小鱼。

④烟芜：烟雾中的草丛，亦指云烟迷茫的草地。

⑤缃桃：缃核桃，结浅红色果实的桃树，亦指这种树的花或果实。

⑥兔葵燕麦：形容景象荒凉。兔葵，植物名，似葵，古以为蔬。燕麦，一种谷类草本植物。

忆秦娥

长漂泊，多愁多病心情恶。心情恶，模糊一片，强分哀乐①。

拟将欢笑排离索②，镜中无奈颜非昨。颜非昨，才华尚浅，因何福薄。

①强分哀乐：指喜怒哀乐分辨不清。强分，勉强分辨。

②离索：指离群索居的萧索之感。

阮郎归

斜风细雨正霏霏①，画帘②拖地垂。屏山几曲篆香微，闲庭③柳絮飞。

新绿密，乱红稀。乳莺残日啼。余寒欲透缕金衣④，落花郎未归。

【注释】

①霏霏：（雨、雪）纷飞，（烟、云）很盛。

②画帘：有画饰的帘子。

③闲庭：安静的庭院。

④缕金衣：金缕衣。以金丝编织的衣服。

画堂春

一生一代一双人①，争教②两处销魂。相思相望不相亲，天为谁春。

浆向蓝桥③易乞，药成碧海难奔④。若容相访饮牛津⑤，相对忘贫。

①一生一代一双人：语出唐骆宾王《代女道士王灵妃赠道士李荣》："相怜相念倍相亲，一生一代一双人。"

②争教：怎教。

③蓝桥：在陕西蓝田东南蓝溪上。传说此处有仙窟，唐代秀才裴航与仙女云英曾相会于此，求得玉杵臼捣药，终结为夫妇。专指情人相遇之处。

④药成碧海难奔：《淮南子·览冥训》注："姮娥，羿妻。羿请不死之药于西王母，未及服之，姮娥盗食之，得仙，奔入月中为月精。"李商隐《嫦娥》："嫦娥应悔偷灵药，碧海青天夜夜心。"

⑤饮牛津：指天河边。传说海边居民于八月乘槎至天河，见一丈夫牵牛饮之。（见晋张华《博物志》卷十）这里指与恋人相会的地方。

点绛唇　咏风兰①

别样②幽芬，更无浓艳③催开处。凌波④欲去，且为东风住。

忒煞萧疏⑤，争奈秋如许。还留取，冷香⑥半缕，第一湘江雨。

【注释】

①风兰：一种寄生兰，因喜欢在通风、湿度高的地方生长而得名。徐坷《清稗类钞·植物类·风兰》云："风兰，寄生于深山树干上，

叶似兰而短，有厚剑脊，夏开小白花，有一二瓣曲而下垂，微香，无土亦可生。"

②别样：特别，不寻常。

③浓艳：（色彩）浓重艳丽。代指鲜艳的花朵。

④凌波：形容轻盈柔美地在水上行走的姿态。

⑤忒煞萧疏：意为过分稀疏。忒煞，亦作"忒杀"，太过分。萧疏，稀疏，萧条。

⑥冷香：清香，也指清香之花。

【点评】

一段意思，全在结句，斯为绝妙。

——张炎

点绛唇　对月

一种蛾眉①，下弦②不似初弦③好。庾郎④未老，何事伤心早？

素壁⑤斜辉⑥，竹影横窗扫。空房悄，乌啼欲晓，又下西楼了。

【注释】

①蛾眉：指蛾眉月，新月前后的月相。呈弯形，犹如一道弯眉，故名。

②下弦：下弦月，农历每月二十二日前后的月亮。

③初弦：指农历每月初七、初八的月亮，其时月如弓弦，故称。古

人以蛾眉代指女人的眉毛，又以上弦、下弦之月代指女人的眉毛下垂或上弯。

④庾郎：指南朝梁诗人庾信。

⑤素壁：白色的墙壁、山壁、石壁。

⑥斜辉：指傍晚西斜的阳光。

点绛唇　黄花城①早望

五夜②光寒，照来积雪平于栈③。西风何限，自起披衣看。

对此茫茫，不觉成长叹。何时旦，晓星欲散，飞起平沙雁④。

【注释】

①黄花城：在今北京怀柔境内。纳兰护驾东巡，此为必经之地。

②五夜：五更。古代将一夜分为甲、乙、丙、丁、戊五段，此指戊夜，即第五更。

③栈：栈道，又称"阁道""复道"。沿悬崖峭壁修建的一种道路。

④平沙雁：广漠沙原上的大雁。

点绛唇

小院新凉，晚来顿觉罗衫①薄。不成孤酌，形影空酬酢②。

萧寺③怜君，别绪应萧索。西风恶，夕阳吹角，一阵槐花落。

【注释】

①罗衫：丝织衣衫。

②酬酢（zuò）：主客之间相互敬酒，主敬客曰酬，客敬主曰酢。

③萧寺：佛寺。唐李肇《唐国史补》卷：“梁武帝造寺，令萧子云飞白大书‘萧’字，至今一‘萧’字存焉。”后称佛寺为萧寺。

【点评】

此篇是念友之作。从“萧寺怜君”句看，可能是写给姜宸英的，词极空灵清丽，极含婉深致。上片从自己的身体感受写去，小院孤酌，形影相吊，怀人之意可见。下片转从对方落笔，这便更透过一层。结句含悠然不尽之意，令人遐思，启人联想。

——张秉戌

浣溪沙

泪浥①红笺第几行，唤人娇鸟怕开窗。那能闲过好时光。

屏障厌看金碧画②，罗衣不奈水沉香。遍翻眉谱③只寻常。

【注释】

①泪浥（yì）：被泪水沾湿。

②金碧画：以泥金、石青、石绿三色为主的山水画。此画古人多画于屏风、屏障之上。

③眉谱：旧时女子画眉所参照的图谱。

浣溪沙

伏雨①朝寒愁不胜，那能还傍杏花行。去年高摘斗轻盈②。

漫惹炉烟③双袖紫，空将酒晕④一衫青。人间何处问多情。

【注释】

①伏雨：指连绵不断的雨。

②斗轻盈：与同伴比赛看谁的动作更迅捷轻快。轻盈，多用以形容女子体态的轻快、灵活。

③炉烟：香炉中的熏烟。

④酒晕：喝完酒后脸上泛起的红晕。

浣溪沙

谁念西风独自凉？萧萧黄叶闭疏窗①。沉思往事立残阳。

被酒②莫惊春睡重，赌书③消得④泼茶香。当时只道是寻常。

【注释】

①疏窗：刻有花纹的窗户。

②被酒：醉酒。

③赌书：比赛读书的记忆力。典出宋李清照、赵明诚翻书赌茶之事。李清照《金石录后序》云："余性偶强记，每饭罢，坐归来堂，烹茶，指堆积书史，言某事在某书某卷第几页第几行，以中否角胜负，为饮茶先后。中即举杯大笑，至茶倾覆怀中，反不得饮而起，甘心老是乡矣！故虽处忧患困穷而志不屈。"

④消得：消受，享受。

【点评】

黄东甫《眼儿媚》云："当时不道春无价，幽梦费重寻。"此等语非深于词不能道，所谓词心也。纳兰容若《浣溪沙》云："被酒莫惊春睡重，赌书消得泼茶香。当时只道是寻常。"即东甫《眼儿媚》句意。酒中茶半，前事伶俜、皆梦痕耳。

——况周颐

浣溪沙

莲漏①三声烛半条，杏花微雨湿轻绡②。那将红豆③记无聊。

春色已看浓似酒，归期安得信如潮④。离魂入夜情谁招。

①莲漏：莲花漏，古代的一种计时器。

②轻绡：一种透明而有花纹的丝织品。此代指杏花的红色花朵。

③红豆：红豆树、海红豆及相思子果实的统称。此类果实鲜红光亮，古人常用来比喻爱情或相思。

④信如潮：如信潮。信潮，定期而来的潮水。

浣溪沙

消息谁传到拒霜①？两行斜雁碧天长。晚秋风景倍凄凉。

银蒜②押帘人寂寂，玉钗敲竹信茫茫。黄花③开也近重阳。

【注释】

①拒霜：花名，木芙蓉的别称。冬凋夏茂，仲秋开花，耐寒不落，故名。

②银蒜：银质蒜头形帘坠，用以压帘幕。

③黄花：菊花。

【点评】

此必有相知名菊者为此词所属意，惜其本事已不可考。

——吴世昌

浣溪沙

雨歇梧桐泪乍收，遣怀^①翻^②自忆从头。摘花销恨旧风流。

帘影碧桃^③人已去，屧痕^④苍藓径空留。两眉^⑤何处月如钩？

【注释】

①遣怀：犹遣兴。

②翻：通"反"。

③碧桃：桃树的一种，花重瓣，不结实，供观赏和药用。一名千叶桃。

④屧（xiè）痕：鞋痕。

⑤两眉：两弯秀眉，这里指所思恋之人。

浣溪沙
西郊冯氏园^①看海棠，因忆《香严词》^②有感

谁道飘零不可怜，旧游^③时节好花天。断肠人去自经年^④。

一片晕红^⑤才著雨，几丝柔绿乍和烟。倩魂销尽夕阳前。

【注释】

①西郊冯氏园：明万历时大珰冯保之园，旧址位于今北京广安门外小屯。园主人冯氏园艺精湛，使得此园曾名极一时。龚鼎孳在京师时曾多次到该处看海棠。

②《香严词》：清初诗人龚鼎孳的词集。龚鼎孳，安徽合肥人，官至礼部尚书，与钱谦益、吴伟业并称"江左三大家"。

③旧游：昔日的游览。

④经年：一年或一年以上。

⑤晕红：中心浓而四周渐淡的一团红色。这里指晕红的花朵。

【点评】

柔情一缕，能令九转肠回。虽"山抹微云"君，不能道也。

——王鸿绪

浣溪沙

酒醒香销愁不胜，如何更向落花行。去年高摘斗轻盈。

夜雨几番销瘦了，繁华①如梦总无凭②。人间何处问多情。

【注释】

①繁华：是实指繁茂的花事，也是繁盛事业的象征。

②无凭：无所凭借，无所依托。

浣溪沙

欲问江梅①瘦几分，只看愁损②翠罗裙。麝篝③衾冷惜余熏④。

可耐⑤暮寒长倚竹，便教⑥春好不开门。枇杷花底校书人⑦。

【注释】

①江梅：江边的梅树。

②愁损：忧伤。

③麝篝：燃烧麝香的熏笼。

④余熏：犹余香。

⑤可耐：同"可奈"，无可奈何。

⑥便教：即使，纵然。

⑦枇杷花底校书人：原指唐蜀妓薛涛，后为妓女之雅称。唐王建《寄蜀中薛涛校书》："万里桥边女校书，枇杷花里闭门居。"后因称妓女所居为"枇杷门巷"。此处是借指花下读书之人。校，校订、校勘，此处为研读之意。

眼儿媚

独倚春寒掩夕扉①，清露泣铢衣②。玉箫吹梦，金钗画影③，悔不同携。

刻残红烛④曾相待⑤，旧事总依稀。料应遗恨⑥，月中教去，花底催归。

【注释】

①夕霏：傍晚的雾霭。

②铢衣：传说神仙穿的衣服。重量只有数铢甚至半铢，用以形容极轻的衣服，如舞衫之类。

③画影：比喻看不真切的美丽景色。

④刻残红烛：古人在蜡烛上刻度，烧以计时。

⑤相待：对待。《韩非子·六反》："犹用计算之心以相待也，而况无父子之泽乎？"

⑥遗恨：未尽的心愿，未完成的理想，遗憾。

眼儿媚

重见星娥①碧海槎②，忍笑却盘鸦③。寻常多少，月明风细，今夜偏佳。

休笼④彩笔闲书字，街鼓⑤已三挝⑥。烟丝欲袅，露光微泫⑦，春在桃花。

【注释】

①星娥：神话传说中的织女。此处指明眸善睐的美女。

②槎：木筏。

③盘鸦：指妇女盘卷黑发而成的头髻。

④笼：通"拢"，牵、拢之意。

⑤街鼓：设置在京城街道的警夜鼓，宵禁开始和终止时击鼓通报。始于唐宋，以后亦泛指"更鼓"。

⑥挝：敲打。

⑦微泫（xuàn）：水微微下滴流动之貌。此处形容爱妻的脸光彩照人。

眼儿媚　咏梅

莫把琼花①比澹妆②，谁似白霓裳③。别样清幽，自然标格④，莫近东墙⑤。

冰肌玉骨⑥天分付⑦，兼付与凄凉。可怜遥夜⑧，冷烟和月，疏影⑨横窗。

【注释】

①琼花：比喻雪花。

②澹（dàn）妆：淡雅的妆饰。澹，通"淡"。

③霓裳：谓神仙的衣裳。相传神仙以霓为裳，语出《楚辞·九歌·东君》："青云衣兮白霓裳。"

④标格：风范，品格。

⑤东墙：东边的墙垣。宋程垓《朝中措》："一枝烟雨瘦东墙，真个断人肠。"

⑥冰肌玉骨：用于赞美妇女的皮肤光洁如玉，形体高洁脱俗，这里形容雪中梅花的超逸之态。

⑦分付：付与，交给。

⑧遥夜：长夜。

⑨疏影：疏朗的影子，形容梅花的形貌。

朝中措

蜀弦秦柱不关情，尽日掩云屏①。已惜轻翎②退粉，更嫌弱絮③为萍。

东风多事，余寒吹散，烘暖微醒④。看尽一帘红雨⑤，为谁亲系花铃⑥。

【注释】

①云屏：有云形彩绘的屏风，或以云母作为装饰的屏风。

②轻翎：蝴蝶。

③弱絮：轻柔的柳絮。

④微醒（chéng）：微醉。

⑤红雨：红色的雨，比喻落花。

⑥花铃：指用以惊吓鸟雀保护花朵的护花铃。

山花子

林下①荒苔道韫②家，生怜③玉骨④委尘沙。愁向风前无处说，数归鸦。

半世浮萍随逝水，一宵冷雨葬名花⑤。魂是柳绵吹欲碎，绕天涯。

①林下：幽僻之境，引申为退隐或退隐之处。

②道韫：谢道韫。

③生怜：可怜。

④玉骨：清瘦秀丽的身架，多形容女子的体态。

⑤名花：既指名贵的花，又指同名花一样的美人。

山花子

风絮①飘残已化萍，泥莲②刚倩③藕丝萦。珍重别拈香一瓣，记前生。

人到情多情转薄，而今真个悔多情。又到断肠回首处，泪偷零。

【注释】

①风絮：随风飘落的絮花，多指柳絮。

②泥莲：指荷塘中的莲花。

③倩：请，恳请。

山花子

欲话心情梦已阑①，镜中依约见春山②。方悔从前真草草，等闲看。

环佩③只应归月下，钿钗④何意寄人间。多少滴残红蜡泪，几时干。

【注释】

①阑：残，尽。

②春山：春日山色黛青，因喻指妇人姣好的眉毛，进而代指美女。

③环佩：古人衣带所佩的环形玉佩，后指妇女的饰物，此处指所爱之人。

④钿钗：金花、金钗等妇女首饰，借指妇女。

山花子

小立红桥柳半垂，越罗①裙飏②缕金衣③。采得石榴双叶子，欲贻谁？

便是有情当落日，只应无伴送斜晖。寄语东风休著力④，不禁吹。

【注释】

①越罗：越地所产的丝织品，以轻柔精致著称。

②飏（yáng）：通"扬"。

③缕金衣：绣有金丝的衣服。

④著力：用力，尽力。

山花子

昨夜浓香分外宜，天将妍暖①护双栖②。桦烛③影微红玉④软，燕钗⑤垂。

几为愁多翻自笑，那逢欢极却含啼⑥。央及⑦莲花⑧清漏⑨滴，莫相催。

【注释】

①妍暖：谓晴朗暖和。

②双栖：飞禽雌雄共同栖止，比喻夫妻共处。

③桦烛：用桦木皮卷蜡做成的烛。

④红玉：红色宝玉，古常以比喻美人的肤色。

⑤燕钗：旧时妇女别在发髻上的一种燕形钗。

⑥含啼：犹含悲。

⑦央及：请求，央告。

⑧莲花：莲花漏。

⑨清漏：清晰的滴漏声，古代以漏壶滴漏计时。

霜天晓角

重来对酒①，折尽风前柳。若问看花情绪，似当日、怎能彀。

休为西风瘦，痛饮频搔首②。自古青蝇白璧③，天已早安排就。

【注释】

①对酒：面对着酒。

②搔首：以手搔头，焦急或有所思貌。

③青蝇白璧：比喻谗人陷害忠良。唐陈子昂《宴胡楚真禁所》诗："青蝇一相点，白璧遂成冤。"青蝇，苍蝇，蝇色黑，故称。白璧，平圆形而中有孔的白玉。

减字木兰花　新月

晚妆欲罢，更把纤眉①临镜画。准待②分明，和雨③和烟两不胜④。

莫教星替，守取团圆终必遂。此夜红楼，天上人间一样愁。

【注释】

①纤眉：纤细的柳眉。

②准待：准备等待。

③和雨：细雨。

④不胜：不甚分明。

【点评】

词上片写新月，新月如眉，遂思及亡妻。下片示无心再娶，幻想与亡妻尚有再见之日。揆性德诸词，继娶官氏似非主动，且至少在卢氏辛三年后。

——赵秀亭、冯统一

减字木兰花

烛花摇影，冷透疏衾①刚欲醒。待不思量，不许孤眠不断肠。

茫茫碧落，天上人间情一诺②。银汉难通，稳耐风波愿始③从④。

【注释】

①疏衾（qīn）：掩被孤眠而感到空疏冷清。

②一诺：谓说话守信用。

③始：才。

④从：遂愿。

减字木兰花

相逢不语，一朵芙蓉著秋雨。小晕红潮①，斜溜鬟心②只凤翘。

待将低唤，直为③凝情④恐人见。欲诉幽怀，转过回阑⑤叩玉钗。

【注释】

①小晕红潮：害羞时两颊上泛起的红晕。

②鬟心：鬟髻的顶心。

③直为：只是因为。

④凝情：情意专注，这里指深细而浓烈的感情。

⑤回阑：回栏，曲折的栏杆。

减字木兰花

断魂①无据②，万水千山何处去？没个音书③，尽日④东风上绿除⑤。

故园春好，寄语落花须自扫。莫更伤春，同是恹恹⑥多病人。

【注释】

①断魂：销魂，形容哀伤、感动、情深。

②无据：无所依凭。

③音书：音信，书信。

④尽日：终日，整天。

⑤除：指夏历四月，此时繁花纷谢，绿叶纷披。

⑥恹恹：精神不振的样子。

【点评】

这首词写法奇妙，像是夫妇书信往来问答。上片以闺中妻子的口吻说相思。下片以远行在外的丈夫的口吻嘱对，说他与妻子一样地相思着。全用白描，明白如话，但真情弥满，十分感人。

——张秉戌

减字木兰花

　　花丛冷眼①，自惜寻春②来较晚。知道今生，知道今生那见卿。

　　天然绝代，不信相思浑③不解。若解相思，定与韩凭共一枝。

【注释】

　　①冷眼：冷淡，冷漠。

　　②寻春：游赏春景。

　　③浑：全。

一络索　长城

　　野火①拂云微绿，西风夜哭。苍茫雁翅列秋空，忆写向、屏山曲②。

　　山海几经翻覆③，女墙④斜矗。看来费尽祖龙心，毕竟为、谁家筑？

【注释】

　　①野火：指磷火，鬼火。

　　②屏山曲：如屏风一样曲折的山形。此处指绵延起伏的长城。

　　③翻覆：巨大而彻底的变化。

　　④女墙：城墙上的矮墙，也称女儿墙。

一络索

过尽遥山如画，短衣匹马^①。萧萧落木不胜秋，莫回首、斜阳下。

别是柔肠萦挂^②，待归才罢。却愁拥髻^③向灯前，说不尽、离人话。

【注释】

①短衣匹马：穿着短衣，骑一匹骏马，形容士兵英姿矫健的样子。短衣，即短装，古代为平民、士兵等服装。

②萦挂：牵挂。

③拥髻（jì）：谓捧持发髻。

一络索　雪

密洒征鞍^①无数，冥迷^②远树。乱山重叠杳难分，似五里、蒙蒙^③雾。

惆怅琐窗^④深处，湿花轻絮。当时悠扬得人怜，也都是、浓香助。

【注释】

①征鞍：犹征马，指旅行者所骑的马。

②冥迷：迷蒙，迷茫。

③蒙蒙：迷茫的样子。

④琐窗：镂刻有花纹图案的窗棂。

卜算子　新柳

娇软①不胜垂，瘦怯②那禁舞。多事③年年二月风，剪出鹅黄缕。

一种可怜生④，落日和烟雨。苏小⑤门前长短条，即渐迷行处。

【注释】

①娇软：柔美，轻柔。

②瘦怯：犹瘦弱。

③多事：做没必要做的事。

④可怜生：犹可怜。

⑤苏小：苏小小。苏小小有二，一位是南朝齐时钱塘名妓，《乐府诗集·杂歌谣辞三·〈苏小小歌〉序》："《乐府广题》曰：'苏小小，钱塘名倡也。盖南齐时人。'"一位是南宋钱塘名妓，清赵翼《陔余丛考·两苏小小》："南宋有苏小小，亦钱塘人。其姊为太学生赵不敏所眷，不敏命其弟娶其妹名小小者。见《武林旧事》。"

卜算子　塞梦

塞草晚才青，日落箫筋①动。戚戚②凄凄③入夜分，催度星前梦。

小语绿杨烟，怯踏银河冻。行尽关山④到白狼⑤，相见惟珍重。

【注释】

①箫笳：箫和胡笳。

②戚戚：悲伤的样子。

③凄凄：形容心情凄凉悲伤。

④关山：关口和山岳。

⑤白狼：白狼河，今辽宁大凌河。

卜算子　五日

村静午鸡啼，绿暗新阴覆。一展轻帘出画墙，道是端阳①酒。

早晚夕阳蝉，又噪长堤柳。青鬓长青自古谁，弹指②黄花九③。

【注释】

①端阳：农历五月初五日，端午节。

②弹指：形容时间极短，本为佛家语。《法苑珠林》卷一引《僧祇律》："二十念为一瞬，二十瞬名一弹指，二十弹指名一罗预，二十罗预名一须臾，一日一夜有三十须臾。"后来诗文多作"一弹指顷"，表示极短的时间。

③九：指农历九月初九日，即重阳节。

雨中花　送徐艺初^①归昆山^②

　　天外孤帆云外树，看又是春随人去。水驿^③灯昏，关城^④月落，不算凄凉处。

　　计程^⑤应惜天涯暮，打叠^⑥起伤心无数。中坐波涛^⑦，眼前冷暖，多少人难语。

【注释】

　　①徐艺初：纳兰性德座师徐乾学之子，名树谷，字艺初，江苏昆山人，康熙进士。

　　②昆山：县名，今属江苏，因境内有昆山而得名。

　　③水驿：水路驿站。

　　④关城：关塞上的城堡。

　　⑤计程：计算路程。

　　⑥打叠：整理，准备，收拾。

　　⑦中坐波涛：此处指触犯朝纲。中坐，即中座，指星犯帝座。

鹧鸪天

　　独背残阳上小楼，谁家玉笛^①韵偏幽。一行白雁遥天暮，几点黄花满地秋。

　　惊节序，叹沉浮，秾华^②如梦水东流。人间所事堪惆怅，莫向横塘^③问旧游。

【注释】

①玉笛：玉制的笛子，笛子的美称。此指笛声。

②秾（nóng）华：指女子青春美貌。

③横塘：古堤名，一为三国吴大帝时于建业（今南京）南淮水（今秦淮河）南岸修筑，亦为百姓聚居之地；另一处在江苏省吴西南。诗词中常以此堤与情事相连。

鹧鸪天

雁贴寒云次第飞，向南犹自①怨归迟。谁能瘦马关山道，又到西风扑鬓时。

人杳杳②，思依依③，更无芳树④有乌啼。凭将扫黛⑤窗前月，持向今宵照别离。

【注释】

①犹自：尚，尚自。

②杳杳：犹隐约、依稀。

③依依：恋恋不舍。

④芳树：泛指佳木。

⑤扫黛：画眉，女子用黛描画眉毛，故称。

鹧鸪天

别绪如丝睡不成，那堪孤枕梦边城①。因听紫塞②三更雨，却忆红楼③半夜灯。

书郑重，恨分明，天将愁味酿多情。起来呵手④封题⑤处，偏到鸳鸯两字冰。

【注释】

①边城：临近边界的城市。

②紫塞：北方边塞。

③红楼：红色的楼，泛指华美的楼房。此处指富贵人家女子的住房。

④呵手：向手呵气使暖和。

⑤封题：物品封装妥当后，在封口处题签，特指在书札的封口上签押，引申为书札的代称。

鹧鸪天

冷露①无声夜欲阑，栖鸦不定朔风寒。生憎画鼓②楼头急，不放征人梦里还。

秋淡淡③，月弯弯，无人起向月中看。明朝匹马④相思处，知隔千山与万山。

【注释】

①冷露：清凉的露水。

②画鼓：有彩绘的鼓。

③淡淡：水波荡漾的样子。

④匹马：一匹马，后常指单身一人。

鹧鸪天
送梁汾南还，为题小影

握手西风泪不干，年来多在别离间。遥知①独听灯前雨，转忆同看雪后山。

凭寄语，劝加餐，桂花时节约重还。分明②小像沉香缕，一片伤心欲画难。

【注释】

①遥知：谓在远处知晓情况。

②分明：简单明了。

鹧鸪天　咏史

马上吟成促渡江，分明闲气①属闺房。生憎②久闭金铺暗③，花冷回心④玉一床⑤。

添哽咽，足凄凉，谁教生得满身香⑥。只今西海⑦年年月，犹为萧家⑧照断肠。

【注释】

①闲气：为无关紧要的事情而生的气。

②生憎：最恨，偏恨。

③金铺暗：萧观音作有十首《回心院》词，其一有"扫深殿，闭久金铺暗"之句。金铺，门户之美称。

④回心：指回心院。唐宫院名，高宗王皇后及萧妃被囚之所，词牌名辽萧后作。

⑤玉一床：比喻满床清冷的月色。玉，指月色。萧观音《回心院·其七》有"笑妾新铺玉一床"句。

⑥谁教生得满身香：萧观音《回心院·其九》："若道妾身多秽贱，自沾御香香彻肤。"

⑦西海：本指传说中西方神海。此处指帝京中太液池。今北京之北海、中海、南海，元明时亦称太液池，因其在皇城之西，故又称西苑、西苑太液池、西海子。

⑧萧家：指萧观音家。

鹧鸪天
十月初四夜风雨，其明日是亡妇生辰

尘满疏帘①素带②飘，真成③暗度④可怜宵。几回偷拭青衫⑤泪，忽傍犀奁⑥见翠翘。

惟有恨，转无聊，五更依旧落花朝。衰杨叶尽丝难尽，冷雨凄风打画桥⑦。

【注释】

①疏帘:指稀疏的竹制窗帘。

②素带:白色的带子,服丧用。

③真成:真个,的确。

④暗度:不知不觉地过去。

⑤青衫:青色的衣衫,黑色的衣服,古代指书生。

⑥犀奁 (lián):以犀牛角制作而成的梳妆盒。

⑦画桥:雕饰华丽的桥梁。

卷 三

青衫湿 悼亡

近来无限伤心事，谁与话长更？从教①分付②，绿窗红泪，早雁初莺③。

当时领略④，而今断送，总负多情。忽疑君到，漆灯⑤风飐⑥，痴数春星。

【注释】

①从教：听任，任凭。

②分付：同"吩咐"。

③早雁初莺：谓春去秋来，无时无刻。

④领略：欣赏，晓悟。

⑤漆灯：灯明亮如漆谓之"漆灯"。

⑥风飐（zhǎn）：风吹。

【点评】

一种凄婉处，令人不忍卒读。

——顾贞观

落花时

按：此调谱律不载，疑亦自度曲。一本作好花时

夕阳谁唤下楼梯，一握香荑①。回头忍笑阶前立，总无语、也依依②。

笺书③直恁④无凭据⑤，休说相思。劝伊好向红窗醉，须莫及、落花时。

【注释】

①香荑(tí)：柔软而芳香的茅草嫩芽。荑，茅草的嫩芽。

②依依：美丽。

③笺书：信札，文书。

④直恁：犹言竟然如此。

⑤无凭据：不能凭信，难以料定。指书信中的期约竟如此不足凭信，即谓误期爽约之意。

锦堂春　秋海棠

帘外淡烟一缕，墙阴几簇低花。夜来微雨西风软，无力任欹斜①。

仿佛个人睡起，晕红不著铅华②。天寒翠袖③添凄楚，愁近欲栖鸦④。

【注释】

①敧斜：歪斜不正。

②铅华：妇女化妆用的铅粉。

③翠袖：青绿色衣袖，泛指女子的装束，这里指秋海棠的绿叶。

④栖鸦：乌鸦欲栖息时，指黄昏时候。

海棠春

落红片片浑如雾，不教更觅桃源路①。香径②晚风寒，月在花飞处。

蔷薇影暗空凝伫③，任碧飑④轻衫萦住。惊起早栖鸦，飞过秋千去。

【注释】

①桃源路：桃源，即桃花源。晋陶渊明在《桃花源记》中描绘了一个与世隔绝、安居乐业的好地方，用以比喻不受外界影响的地方或理想中的美好地方。

②香径：花间小路，或指满地落花的小路。

③凝伫：凝望伫立，停滞不动。

④飑：颤动，摇动。

河渎神

风紧雁行高，无边落木萧萧①。楚天魂梦与香消，青山暮暮朝朝。

断续凉云来一缕，飘堕几丝灵雨②。今夜冷红③浦溆④，鸳鸯栖向何处？

【注释】

①无边落木萧萧：描绘深秋的景色，化用杜甫《登高》："无边落木萧萧下，不尽长江滚滚来。"

②灵雨：好雨。《诗经·鄘风·定之方中》："灵雨既零，命彼倌人。星言夙驾，说于桑田。"郑玄笺："灵，善也。"

③红：指水草，一名水荭。

④浦溆(xù)：水滨，水边。唐杨炯《青苔赋》："桂舟横兮兰枻触，浦溆遭回兮心断续。"

太常引　自题小照

西风乍起峭寒①生，惊雁②避移营③。千里暮云平，休回首、长亭短亭。

无穷山色，无边往事，一例冷清清。试倩玉箫④声，唤千古、英雄梦醒。

【注释】

①峭寒：料峭的寒意。形容微寒。

②惊雁：犹言惊弓之鸟。

③移营：转移营地。

④玉箫：玉制的箫或箫的美称。

太常引

晚来风起撼花铃①，人在碧山亭。愁里不堪听，那更杂、泉声雨声。

无凭②踪迹，无聊心绪，谁说与多情。梦也不分明，又何必、催教梦醒。

【注释】

①花铃：护花铃。用以惊吓鸟雀，保护花草。

②无凭：无所凭据，即无法寻找。

四犯令

麦浪翻晴风飐①柳，已过伤春候。因甚为他成僝僽②。毕竟是、春迤逗③。

红药④阑边携素手⑤，暖语浓于酒。盼到园花铺似绣，却更比、春前瘦。

【注释】

①飐：风吹物使其颤动摇曳。

②僝僽(chán zhòu)：烦恼，忧愁。

③迤逗：挑逗，勾引，引诱。

④红药：红芍药。

⑤素手：洁白的手，多形容女子之手。

添字采桑子
按：此调词律不载，词谱有促拍采桑子，字同句异。
一本作采花

闲愁似与斜阳约，红点苍苔①，蛱蝶飞回。又是梧桐新绿影，上阶来。

天涯望处音尘②断，花谢花开，懊恼离怀。空压钿筐③金缕绣，合欢鞋。

【注释】

①苍苔：青色苔藓。

②音尘：音信，消息。

③钿筐：镶嵌金、银、玉、贝等物的筐。

荷叶杯

帘卷落花如雪，烟月①。谁在小红亭？玉钗敲竹乍闻声，风影②略分明。

化作彩云飞去，何处？不隔枕函③边。一声将息④晓寒天，肠断又今年。

【注释】

①烟月：云雾笼罩的月亮，朦胧的月色。

②风影：随风晃动的物影。

③枕函：中间可以藏物的枕头。

④将息：调养休息，保养，这里是珍重、保重的意思。

荷叶杯

知己一人谁是？已矣。赢得误他生。有情终古似无情，别语悔分明。

莫道芳时①易度，朝暮。珍重好花天②。为伊指点再来缘③，疏雨洗遗钿④。

【注释】

①芳时：花开时节，即良辰美景之时。

②好花天：指美好的花开季节。

③再来缘：下世的姻缘，来生的姻缘。

④钿：指用金、银、玉、贝等镶饰的饰物。此代指亡妇的遗物。

寻芳草　萧寺纪梦

客夜怎生①过？梦相伴、绮窗吟和②。薄嗔佯笑③道，若不是恁凄凉，肯来么？

来去苦匆匆，准拟④待、晓钟⑤敲破。乍偎人、一闪灯花⑥堕，却对着琉璃火⑦。

【注释】

①怎生：怎样，怎么。

②吟和：吟诗唱和。

③薄嗔佯笑：假意嗔怒，故作嗔怪。

④准拟：料想，打算，希望。

⑤晓钟：报晓的钟声。

⑥灯花：灯心燃烧时结成的花状物。

⑦琉璃火：此指琉璃灯，用玻璃制作的油灯，多用于寺庙中。

【点评】

此篇有类柳永词的风格，但在轻倩的格调后面隐藏着变徵之音，使旖旎温馨归于惨淡。这一点，又大大不同于柳永。

——黄天骥

菊花新　用韵送张见阳令江华①

愁绝②行人天易暮，行向鹧鸪声里③住。渺渺洞庭波，木叶下、楚天何处？

折残杨柳应无数，趁离亭笛声吹度④。有几个征鸿⑤，相伴也、送君南去。

【注释】

①江华：汉置冯乘县，唐置江华县，改曰云溪，寻复故，唐初置县在五保之地，神龙初迁于寒亭北阳华岩之江南，故名江华，在今湖南江华东南，现为瑶族自治县。

②愁绝：极度忧愁。

③鹧鸪声里：鹧鸪声含有惜别之意，同时指张见阳将去的江华之地，地在西南方，故云。

④吹度：犹吹送。

⑤征鸿：征雁。

南歌子

翠袖凝寒①薄，帘衣②入夜空。病容扶起月明中，惹得一丝残篆③、旧熏笼。

暗觉欢期过，遥知别恨同。疏花已是不禁风，那更夜深清露④、湿愁红⑤。

【注释】

①凝寒：严寒。《文选·刘桢〈赠从弟·其二〉》："岂不罹凝寒，松柏有本性。"李善注："凝，严也。"

②帘衣：帘幕。《南史·夏侯亶传》："（亶）晚年颇好音乐，有妓妾十数人，并无被服姿容，每有客，常隔帘奏之，时谓帘为夏侯妓衣。"后因谓帘幕为帘衣。

③残篆：指点燃的篆字形的香将要燃尽。

④清露：洁净的露水。

⑤愁红：谓经风雨摧残的花，亦以喻女子的愁容。

【点评】

哀感顽艳，得南唐二主之遗。

——陈维崧

南歌子

　　暖护樱桃蕊，寒翻蛱蝶翎①。东风吹绿渐冥冥②，不信一生憔悴、伴啼莺。

　　素影③飘残月，香丝④拂绮棂⑤。百花迢递⑥玉钗声，索向⑦绿窗寻梦、寄余生。

【注释】

　　①翎：翎毛，鸟翅和尾上的长羽毛，这里指翅膀。

　　②冥冥：形容高远、深远，此处谓绿荫渐渐浓密。

　　③素影：月影。唐杜审言《和康五庭芝望月有怀》："雾濯清辉苦，风飘素影寒。"

　　④香丝：指柳条，又指美人的头发。

　　⑤绮棂：饰有花纹的窗棂。

　　⑥迢递：连绵不绝。唐杨巨源《送绛州卢使君》诗："朱栏迢递因高胜，粉堞清明欲下迟。"

　　⑦索向：须向，该向。

南歌子　古戍①

　　古戍饥乌②集，荒城③野雉④飞。何年劫火⑤剩残灰，试看英雄碧血⑥、满龙堆⑦。

　　玉帐⑧空分垒，金笳已罢吹。东风回首尽成非，不道兴亡命也、岂人为！

【注释】

①古戍：边疆古老的城堡、营垒。

②饥乌：饥饿的乌鸦。

③荒城：荒凉的古城。

④野雉：野鸡。

⑤劫火：佛教语，谓坏劫之末所起的大火，后亦借指兵火。

⑥碧血：为正义死难而流的血，烈士的血。

⑦龙堆：谓沙漠。

⑧玉帐：主帅所居的帐幕，取如玉之坚的意思。

秋千索

（按：此调词谱不载，或亦自度曲。一本作拨香灰）

药阑①携手销魂侣，争②不记、看承③人处。除向东风诉此情，奈④竟日⑤、春无语。

悠扬扑尽风前絮，又百五⑥、韶光难住。满地梨花似去年，却多了、廉纤雨⑦。

【注释】

①药阑：药栏，芍药之栏，泛指花栏。南朝梁庾肩吾《和竹斋》："向岭分花径，随阶转药栏。"

②争：怎，怎么。

③看承：看待，对待。宋黄庭坚《归田乐引》词："看承幸厮勾，又是尊前眉峰皱。"

④奈：无奈，怎奈。

⑤竟日：终日，从早到晚。

⑥百五：寒食日。在冬至后的一百零五天，故名。

⑦廉纤雨：细微之雨，毛毛细雨。廉纤，细小，细微。

秋千索

游丝①断续东风弱，浑无语、半垂帘幕。茜袖②谁招曲槛③边，弄一缕、秋千索④。

惜花人共残春薄，春欲尽、纤腰如削。新月才堪照独愁，却又照、梨花落。

【注释】

①游丝：指飘浮在空中的蛛丝。

②茜袖：女子的红色衣袖，指美女。

③曲槛：曲折的栏杆。

④秋千索：指秋千的绳索。索，绳索。

秋千索

垆边唤酒双鬟①亚②，春已到、卖花帘下。一道香尘③碎绿苹④，看白袷⑤、亲调马。

烟丝宛宛⑥愁萦挂，剩几笔、晚晴⑦图画。半枕芙蕖⑧压浪眠，教费尽⑨、莺儿话。

①双鬟：古代年轻女子的两个环形发髻，借指少女或婢女。

②亚：通"压"，低垂之貌。

③香尘：芳香之尘，多指因女子步履而起者，此处指湖水中浮游的水禽划破水面。

④绿苹：浮萍。

⑤白袷（qiā）：白色夹衣，旧时平民的服装，亦借指无功名的士人。

⑥宛宛：迟回缠绵的样子。

⑦晚晴：谓傍晚晴朗的天色。

⑧芙蕖：荷花。此处指绣有荷花的枕头。

⑨费尽：用尽。

忆江南 宿双林禅院①有感

心灰尽，有发未全僧。风雨消磨生死别，似曾相识只孤檠②。情在不能醒。

摇落后③，清吹④那堪听。淅沥暗飘金井叶，乍闻风定又钟声。薄福荐⑤倾城。

【注释】

①双林禅院：指今山西平遥西南七公里处双林寺内之禅院。双林寺内东轴线上有禅院、经房、僧舍等。

②孤檠（qíng）：孤灯。

③摇落：凋残，零落。

④清吹：清风，此指秋风。

⑤荐：进献，送上。

忆江南

　　挑灯^①坐，坐久忆年时。薄雾笼花娇欲泣，夜深微月下杨枝。催道太眠迟。

　　憔悴去，此恨有谁知。天上人间俱怅望^②，经声佛火^③两凄迷^④。未梦已先疑。

【注释】

　　①挑灯：拨动灯火，点灯。亦指在灯下。

　　②怅望：惆怅地看望或想望。

　　③佛火：指供佛的油灯香烛之火。

　　④凄迷：景物凄凉迷茫。

浪淘沙

　　红影^①湿幽窗，瘦尽^②春光。雨余^③花外却斜阳。谁见薄衫低髻子^④？抱膝思量。

　　莫道不凄凉，早近持觞^⑤。暗思何事断人肠。曾是向他春梦里，瞥遇回廊^⑥。

【注释】

　　①红影：指鲜花的影子。

②瘦尽：以人之清瘦比喻春日将尽。

③雨余：雨后。

④低髻子：低垂的发髻，指低垂着头。髻子，发髻。

⑤持觞：举杯。

⑥回廊：曲折环绕的走廊。

【点评】

容若词不减飞涛（丁澎），然一则精丽中有飞舞之致，一则纤绵中得凄婉之神，笔路又各别。

——陈廷焯

浪淘沙

眉谱①待全删，别画秋山②。朝云③渐入有无间。莫笑生涯浑似梦，好梦原难。

红咮④啄花残，独自凭阑。月斜风起袷衣⑤单。消受春风都一例，若个⑥偏寒？

【注释】

①眉谱：古代女子画眉的图谱。

②秋山：秋天里的远山，常用来比喻女子的眉毛。

③朝云：早晨的云。亦指巫山神女名，战国时楚襄王游高唐，昼梦幸巫山之女。后好事者为立庙，号曰"朝云"，比喻男女情事。

④咮（zhòu）：鸟嘴。

⑤袷衣：夹衣，两层的衣服。

⑥若个：哪个，何处。

浪淘沙

紫玉①拨寒灰②,心字全非。疏帘③犹是隔年垂。半卷夕阳红雨入,燕子来时。

回首碧云④西,多少心期。短长亭外短长堤。百尺游丝千里梦,无限凄迷⑤。

【注释】

①紫玉:指紫玉钗。

②寒灰:犹死灰,灰烬,这里喻指心如死灰。《三国志·魏书·刘廙传》:"扬汤止沸,使不燋烂,起烟于寒灰之上,生华于已枯之木。"

③疏帘:指稀疏的竹制窗帘。

④碧云:青云,碧空中的云。

⑤凄迷:怅惘,迷惘。

浪淘沙

夜雨做成秋,恰上心头。教他珍重护风流①。端的②为谁添病也,更为谁羞?

密意③未曾休,密愿难酬。珠帘四卷月当楼。暗忆欢期真似梦,梦也须留。

【注释】

①风流:风韵,多指美好的仪态。

②端的：究竟，到底。

③密意：隐秘的情意。

浪淘沙

野宿近荒城，砧杵①无声。月低霜重莫闲行②。过尽征鸿书未寄，梦又难凭③。

身世等浮萍，病为愁成。寒宵④一片枕前冰。料得绮窗⑤孤睡觉，一倍⑥关情。

【注释】

①砧杵：捣衣石和棒槌，亦指捣衣。

②闲行：微行，此处为闲步之意。

③难凭：不可凭信。

④寒宵：寒夜。

⑤绮窗：雕刻或绘饰得很精美的窗户，代指闺人、思妇。

⑥一倍：谓加倍。

浪淘沙

闷自剔残灯，暗雨空庭①。潇潇②已是不堪听。那更西风偏着意，做尽秋声③。

城柝④已三更，欲睡还醒。薄寒中夜掩银屏⑤。曾染戒香⑥消俗念，莫又多情。

【注释】

①空庭：幽寂的庭院。

②潇潇：形容风雨急骤。

③秋声：秋天西风起而草木摇落，其肃杀之声令人生情动感，故古人将万木零落之声等称为秋声。

④城柝（tuò）：城上巡夜敲的木梆声。柝，古代巡夜时敲击的木梆。

⑤银屏：装饰有银饰的屏风。

⑥戒香：佛家说戒时所燃之香。

浪淘沙

清镜①上朝云，宿篆②犹熏。一春双袂尽啼痕③。那更夜来山枕侧，又梦归人。

花底病中身，懒约湔裙。待寻闲事度佳辰。绣榻重开添几线，旧谱翻新。

【注释】

①清镜：明镜。

②宿篆：指隔夜点燃的盘香。

③啼痕：泪痕。

菩萨蛮

梦回酒醒三通鼓，断肠啼鴂^①花飞处。新恨隔红窗，罗衫泪几行。

相思何处说？空有当时月。月也异当时，团圞^②照鬓丝。

【注释】

①啼鴂：杜鹃。三月即鸣，至夏不止。常用以比喻春逝。

②团圞（luán）：指明亮的圆月，旧俗称农历八月十五日为团圞节。

菩萨蛮

隔花才歇帘纤雨^①，一声弹指浑无语。梁燕^②自双归，长条^③脉脉^④垂。

小屏^⑤山色远，妆薄铅华浅。独自立瑶阶，透寒金缕鞋^⑥。

【注释】

①帘纤雨：如珠帘般的绵绵细雨。

②梁燕：梁上的燕子。

③长条：长的枝条，特指柳枝。

④脉脉：犹默默。

⑤小屏：小屏风。

⑥金缕鞋：指金丝绣织的鞋子。

菩萨蛮

新寒中酒①敲窗雨，残香②细袅秋情绪。才道莫伤神，青衫湿一痕。

无聊成独卧，弹指韶光过。记得别伊时，桃花柳万丝。

【注释】

①中酒：饮酒半酣时，也指醉酒。

②残香：残存的香气。

菩萨蛮

淡花瘦玉轻妆束，粉融轻汗红绵扑①。妆罢只思眠，江南四月天②。

绿阴帘半揭，此景清幽③绝。行度竹林风，单衫④杏子红。

【注释】

①红绵扑：红丝绵的粉扑，妇女化妆用品。

②四月天：指初夏之时。

③清幽：风景秀丽而幽静。

④单衫：单衣。

菩萨蛮

催花^①未歇花奴鼓^②，酒醒已见残红^③舞。不忍覆^④余觞^⑤，临风泪数行。

粉香看又别，空剩当时月。月也异当时，凄清照鬓丝。

【注释】

①催花：击鼓催花，用于酒令，鼓响传花，声止，持花未传者即须饮酒。

②花奴鼓：唐玄宗时汝阳王李琎（小名花奴）善击羯鼓，玄宗尝谓侍臣曰："速召花奴将羯鼓来，为我解秽。"后因称羯鼓为"花奴鼓"。

③残红：凋残的花，落花。

④覆：倾翻酒杯，指饮酒。

⑤余觞：杯中所剩的残酒。

【点评】

容若词集中另一阕《菩萨蛮》曰："梦回酒醒三通鼓，断肠啼鴂花飞处。新恨隔红窗，罗衫泪几行。相思何处说？空有当时月。月也异当时，团圞照鬓丝。"其立意构思乃至遣词造句，都与此阕雷同。可能一是初稿，一是改稿，结集时又并收两存。把这两阕词合起来看，诗人借酒浇愁，又见花落泪，对月伤心，总是为了恋情。如丝如缕，萦回不绝，这相思之苦，宛曲道来，柔肠九转，纳兰词本亦于此擅场。

——盛冬铃

菩萨蛮　早春

晓寒瘦著①西南月，丁丁漏箭②余香咽③。春已十分宜，东风无是非。

蜀魂④羞顾影，玉照⑤斜红⑥冷。谁唱《后庭花》⑦，新年忆旧家。

【注释】

①瘦著：瘦削，这里指弯月或月牙。

②漏箭：漏壶的部件，上刻时辰度数，随水浮沉以计时。

③咽：充塞、充满。

④蜀魂：鸟名，指杜鹃。相传蜀主名杜宇，号望帝，死后化为鹃。春月昼夜悲鸣，蜀人闻之，曰："我望帝魂也。"故称。

⑤玉照：镜的异名。

⑥斜红：指人头上所戴的红花。

⑦《后庭花》：乐府清商曲吴声歌曲名，唐为教坊曲名。本名《玉树后庭花》，南朝陈后主制。其辞轻荡，而其音甚哀，故后多用以称亡国之音。这里喻为凄凉之曲。

菩萨蛮

窗前桃蕊娇如倦，东风泪洗胭脂面。人在小红楼，离情唱《石州》①。

夜来双燕宿，灯背屏腰绿^②。香尽雨阑珊^③，薄衾寒不寒。

【注释】

①《石州》：乐府商调曲名。

②绿：昏暗不明。

③雨阑珊：微雨将尽。

木兰花令　拟古决绝词

人生若只如初见，何事^①秋风悲画扇^②？等闲^③变却故人^④心，却道故人心易变。

骊山^⑤语罢清宵^⑥半，泪雨霖铃终不怨^⑦。何如薄幸^⑧锦衣郎^⑨，比翼连枝当日愿。

【注释】

①何事：为何，何故。

②画扇：有画饰的扇子。此处用班婕妤典故。班婕妤为汉成帝妃，被赵飞燕谗害，退居冷宫，后有诗《怨歌行》，以秋扇为喻抒发被弃怨情，后人遂以秋扇喻女子被弃。

③等闲：无端，平白地。

④故人：指情人。

⑤骊山：在陕西临潼东南，因山形似骊马，呈纯青色而得名，是著名的游览、休养胜地。

⑥清宵：清静的夜晚。《太真外传》载，唐明皇与杨玉环曾于七

月七日夜，在骊山华清宫长生殿里盟誓，愿世世为夫妻。白居易《长恨歌》："在天愿作比翼鸟，在地愿作连理枝。"后安史乱起，明皇入蜀，于马嵬坡赐死杨玉环。杨死前云："妾诚负国恩，死无恨矣。"

⑦泪雨霖铃终不怨：唐郑处诲《明皇杂录补遗》："明皇既幸蜀，西南行初入斜谷，属霖雨涉旬，于栈道雨中闻铃，音与山相应。上既悼念贵妃，采其声为《雨霖铃》曲，以寄恨焉。"

⑧薄幸：薄情，负心，也指负心的人。

⑨锦衣郎：指唐明皇。

虞美人

春情①只到梨花薄②，片片催零落③。夕阳何事近黄昏，不道④人间犹有未招魂。

银笺⑤别梦当时句，密绾同心苣⑥。为伊判⑦作梦中人，长向画图⑧清夜唤真真⑨。

【注释】

①春情：春天的景致或意趣。

②薄：指草木丛生之处，语出《楚辞·九章·思美人》："揽大薄之芳茝兮，搴长洲之宿莽。"

③零落：树木枯凋。

④不道：不管，不顾。

⑤银笺：白色的信笺。

⑥同心苣：像连锁的火炬状图案花纹，或指织有同心苣状图案的同心结，古人常用以象征爱情。

⑦判：甘愿。

⑧画图：图画。

⑨真真：唐杜荀鹤《松窗杂记》："唐进士赵颜，于画工处得一软障图，一妇人甚丽，颜谓画工曰：'世无其人也，如可令生，余愿纳为妻。'画工曰：'余神画也，此亦有名，曰真真，呼其名百日，昼夜不歇，即必应之，应则以百家彩灰酒灌之，必活。'颜如其言，遂呼之百日……果活，步下言笑如常。"后因以"真真"泛指美人。

虞美人

　　黄昏又听城头角，病起心情恶。药炉初沸短檠①青，无那残香②半缕恼多情。

　　多情自古原多病，清镜③怜清影④。一声弹指⑤泪如丝，央及⑥东风休遣⑦玉人⑧知。

【注释】

①短檠：矮灯架，借指小灯。唐韩愈《短灯檠歌》："一朝富贵还自恣，长檠高张照珠翠。吁嗟世事无不然，墙角君看短檠弃。"

②残香：将要烧尽的香。

③清镜：明镜。

④清影：清瘦的身影。

⑤弹指：指顾贞观所作的《弹指词》。

⑥央及：央告。

⑦休遣：暂时释放。

⑧玉人：容貌美丽的人，对亲人或所爱者的爱称。

虞美人

彩云易向秋空散，燕子怜长叹。几番离合总无因，赢得一回僝僽一回亲。

归鸿①旧约霜前至，可寄香笺字？不如前事不思量，且枕红蕤②欹侧看斜阳。

【注释】

①归鸿：归雁。诗文中多用以寄托归思。

②红蕤：红蕤枕。传说中的仙枕。唐张读《宣室志》卷六记载，玉清宫有三宝，碧瑶环、红蕤枕和紫玉函，红蕤枕似玉，微红。亦借指绣枕。

虞美人

银床①淅沥青梧②老，屧粉秋蛩③扫。采香④行处蹙连钱⑤，拾得翠翘何恨不能言。

回廊⑥一寸相思地，落月成孤倚。背灯和月就花阴，已是十年踪迹十年心。

【注释】

①银床：指井栏，一说为辘轳架。

②青梧：梧桐，树皮色青，故称。

③秋蛩：蟋蟀。

④采香：宋范成大《吴郡志》云：吴王夫差于香山种香，使美人泛舟于溪以采之。此指女子旧日经行处。

⑤连钱：连钱马，又名连钱骢。即毛皮色花纹、形状似相连的铜钱。

⑥回廊：用响屦廊的典故。宋范成大《吴郡志》："响屦廊，在灵岩山寺。相传吴王令西施辈步屦，廊虚而响，故名。"其遗址在今苏州市西灵岩山。

虞美人　为梁汾赋

凭君料理①花间②课③，莫负当初我。眼看鸡犬上天梯，黄九④自招秦七⑤共泥犁⑥。

瘦狂⑦那似痴肥⑧好，判任痴肥笑。笑他多病与长贫，不及诸公衮衮⑨向风尘⑩。

【注释】

①料理：处理、安排，指点、指教，此处含有辑集之意。

②花间：《花间集》，为后蜀人赵崇祚编辑的一部词集。集中搜录晚唐至五代十八位词人的作品，共五百首，分十卷，集中作品内容多写上层贵妇美人的日常生活和妆饰容貌，女人素以花比，而该集多写女人之媚，故称"花间"。

③课：指词作。

④黄九：北宋诗人、书法家黄庭坚，排行第九，因以称之。

⑤秦七：北宋词人秦观辈行第七，故称。

⑥泥犁：佛教语，梵语的译音，意为地狱。

⑦瘦狂：比喻仕途失意。

⑧痴肥：肥胖而无所用心，比喻仕途得意。语见《南史·沈昭略传》，昭略答王约云："瘦已胜肥，狂又胜痴。"此处为反其意用之。

⑨诸公衮衮：源源不断而繁杂，旧时称身居高位而无所作为的官僚。

⑩风尘：比喻纷乱的社会或漂泊江湖的境况，这里指宦途、官场。

【点评】

　　而此篇正可看作是二人（纳兰与顾贞观）同怀同道的写照。词中不但表达了诗人对友人的一片赤诚和信赖，对世事的愤世嫉俗的心情，而且还于不平中明确表示了自己甘愿为恪守志趣、主张，不怕"泥犁"的精神。词极率真，冷峭而犀利。

——张秉戍

虞美人

　　残灯①风灭炉烟冷，相伴唯孤影。判教狼藉醉清樽②，为问世间醒眼③是何人。

　　难逢易散花间酒，饮罢空搔首。闲愁总付醉来眠，只恐醒时依旧到樽前。

【注释】

　　①残灯：蜡烛的余烬。

　　②清樽：酒器，借指清酒。

　　③醒眼：眼光清醒。

菩萨蛮

朔风^①吹散三更雪，倩魂^②犹恋桃花月^③。梦好莫催醒，由他好处^④行。

无端^⑤听画角，枕畔红冰^⑥薄。塞马一声嘶，残星拂大旗。

【注释】

①朔风：北风，寒风。

②倩魂：少女的梦魂。唐人小说《离魂记》谓：衡州张镒之女倩娘与镒之甥王宙相恋，后镒将女另配他人，倩娘因以成病。王宙被遣至蜀，夜半，倩娘之魂随至船上，同往。五年后，二人归家，房中卧病之倩娘出，与归之倩娘合一。

③桃花月：桃月，农历二月的别名。农历二月桃花盛开，故桃月为二月之代称。

④好处：指美梦中的景象。

⑤无端：犹言平白无故。

⑥红冰：喻泪水，形容感怀之深。

【点评】

这又是一阕写思妇之情的词。这类题材的作品容易流于纤弱，但容若此作，用"塞马一声嘶，残星拂大旗"这样刚劲的句子作结，出人意想，自有其独到之处。

——盛冬铃

浣溪沙

一半残阳下小楼，朱帘斜控①软金钩。倚阑无绪不能愁。

有个盈盈②骑马过，薄妆③浅黛亦风流。见人羞涩却回头。

【注释】

①斜控：斜斜地垂挂。

②盈盈：仪态美好的样子。这里指仪态美好的女子。

③薄妆：淡妆。

浣溪沙

睡起惺忪①强自支，绿倾蝉鬓②下帘时。夜来愁损小腰肢。

远信③不归空伫望④，幽期⑤细数却参差⑥。更兼何事耐寻思。

【注释】

①惺忪：形容刚睡醒尚未完全清醒的状态。

②蝉鬓：古代妇女的一种发式，蝉身黑而光润，故称。五代马缟《中华古今注》卷中："琼树始制为蝉鬓，望之缥缈如蝉翼，故曰'蝉鬓'。"

③远信：远方的书信、消息。

④伫望：久立而远望，这里是等候、盼望。

⑤幽期：指男女间的幽会。

⑥参差：差池，差错。

浣溪沙

五月江南麦已稀，黄梅①时节雨霏微②。闲看燕子教雏飞。

一水浓阴如罨画③，数峰无恙又晴晖。湔裙谁独上渔矶④。

【注释】

①黄梅：春末夏初梅子黄熟的一段时期。这段时期我国长江中下游地区连续下雨，空气潮湿，衣物等容易发霉。也叫黄梅天。

②霏微：雾气、细雨等弥漫的样子。

③罨（yǎn）画：色彩鲜明的绘画。多用以形容自然景物或建筑物等的艳丽多姿。

④渔矶：可供垂钓的水边岩石。

浣溪沙

残雪凝辉冷画屏，落梅①横笛已三更。更无人处月胧明②。

我是人间惆怅客，知君何事泪纵横。断肠声里忆平生。

【注释】

①落梅：《落梅花》，古笛曲名，以横笛吹奏。

②胧明：微明。

浣溪沙　咏五更和湘真①韵

微晕娇花湿欲流，簟纹②灯影一生愁。梦回疑在远山楼。

残月暗窥金屈戍③，软风④徐荡玉帘钩⑤。待听邻女唤梳头。

【注释】

①湘真：陈子龙。陈子龙，字人中、卧子，号大樽、轶符，松江华亭人。明末几社（当时一文社组织）领袖，因抗清被俘，宁死不屈，投水殉难。有《湘真阁存稿》一卷。本篇诗人所和之词为陈子龙的《浣溪沙·五更》："半枕轻寒泪暗流，愁时如梦梦时愁。角声初到小红楼。风动残灯摇绣幕，花笼微月淡帘钩，陡然旧恨上心头。"

②簟纹：席纹。

③屈戍：门窗等物上所钉的铜制钮环，上边可扣"了吊"，还可以再加锁。此处指闺房。

④软风：和风。

⑤玉帘钩：帘钩的美称。

浣溪沙

　　五字诗①中目乍成②，仅教残福③折书生。手挼④裙带那时情。

　　别后心期和梦杳，年来憔悴与愁并。夕阳依旧小窗明。

【注释】

　　①五字诗：五言诗。

　　②目乍成：乍目成，刚刚通过眉目传情而结为亲好。

　　③残福：残存的薄福，也可谓是短暂的幸福。

　　④挼（ruó）：揉搓。

浣溪沙

　　记绾长条欲别难，盈盈自此隔银湾①。便无风雪也摧残。

　　青雀②几时裁锦字③，玉虫④连夜剪春幡⑤。不禁辛苦况相关。

【注释】

　　①银湾：银河。

　　②青雀：指青鸟。

　　③锦字：锦字书，指前秦苏蕙寄给丈夫的织锦回文诗，后多用以

指妻子寄给丈夫以表达思念之情的书信。

④玉虫：喻灯花。

⑤春幡：春旗，旧俗立春日挂春幡于树梢，或剪缯绢成小幡，连缀簪之于首，以示迎春之意。

浣溪沙　古北口①

杨柳千条送马蹄，北来征雁旧南飞。客中谁与换春衣。
终古②闲情归落照③，一春幽梦④逐游丝⑤。信回刚道别多时。

【注释】

①古北口：长城隘口之一。在北京密云东北，为古代军事要地。

②终古：往昔，自古以来。

③落照：落日的余晖。

④幽梦：隐约的梦境。

⑤游丝：飘荡在空中的蜘蛛丝。

鹊桥仙

梦来双倚，醒时独拥，窗外一眉新月。寻思常自悔分明，无奈却、照人清切①。

一宵灯下，连朝镜里，瘦尽十年花骨②。前期③总约上元时，怕难认、飘零人物。

①清切：清晰准确，真切。

②花骨：花骨朵，这里形容人的容貌俏丽。

③前期：从前的约定。

鹊桥仙　七夕①

乞巧楼②空，影娥池冷，佳节只供愁叹。丁宁③休曝旧罗衣，忆素手、为余缝绽④。

莲粉⑤飘红，菱丝⑥艒⑦碧，仰见明星空烂。亲持钿合⑧梦中来，信天上、人间非幻。

【注释】

①七夕：农历七月初七的晚上，神话传说天上的牛郎、织女每年在这个晚上相会。

②乞巧楼：乞巧的彩楼。乞巧，旧时风俗农历七月七日夜妇女在庭院向织女星乞求智巧称为"乞巧"。《荆楚岁时记》载："七月七日为牵牛织女聚会之夜。是夕，人家妇女结彩缕，穿七孔针，或以金、银、鍮石为针，陈几筵、酒、脯、瓜、果、菜于庭中以乞巧。有喜子（蜘蛛）网于瓜上，则以为符应。"又，《东京梦华录·七夕》云："至初六日、七日晚，贵家多结彩楼于庭，谓之乞巧楼，铺陈磨喝乐、花瓜、酒炙、笔砚、针线，或儿童裁诗，女郎呈巧，焚香列拜，谓之乞巧。妇女望月穿针，或以小蜘蛛安合子内，次日看之，若网圆正，谓之得巧。"

③丁宁：同"叮咛"，反复地嘱咐。

④缝绽：缝补破绽，这里是缝制的意思。

⑤莲粉：莲花。

⑥菱丝：菱蔓。

⑦翳（yì）：遮掩。

⑧钿合：镶嵌金、银、玉、贝的首饰盒子。相传为唐玄宗与杨贵妃定情之物，泛指情人间的信物。

南乡子

飞絮晚悠飏①，斜日波纹映画梁②。刺绣女儿楼上立，柔肠③，爱看晴丝④百尺长。

风定却闻香，吹落残红在绣床。休堕玉钗惊比翼⑤，双双，共唼⑥苹花绿满塘。

【注释】

①悠飏：飘忽不定貌，飘扬、飞扬。

②画梁：有彩绘装饰的屋梁。

③柔肠：温柔的心肠，多指女子缠绵的情意。

④晴丝：虫类所吐的、在空中飘荡的游丝。

⑤比翼：传说中一种雌雄齐飞的鸟，比喻恩爱夫妻。

⑥唼（shà）：吮吸。

南乡子　捣衣①

鸳瓦②已新霜，欲寄寒衣③转自伤④。见说征夫容易瘦，端相⑤，梦里回时仔细量。

支枕⑥怯空房，且拭清砧⑦就月光。已是深秋兼独夜，凄凉，月到西南更断肠。

【注释】

①捣衣：古人将洗过头次的脏衣服放在石板上捶击，去浑水，再清洗。明杨慎《丹铅总录·捣衣》："古人捣衣，两女子对立执一杵，如春米然……尝见六朝人画捣衣图，其制如此。"

②鸳瓦：鸳鸯瓦。

③寒衣：冬天御寒的衣服。

④自伤：自我悲伤感怀。

⑤端相：细看，端详。

⑥支枕：将枕头竖起，倚靠。

⑦清砧：捣衣石的美称。

南乡子　柳沟晓发

灯影伴鸣梭①，织女②依然怨隔河。曙色远连山色起，青螺③，回首微茫④忆翠蛾⑤。

凄切客中过，料抵秋闱⑥一半多。一世疏狂⑦应为著，横波⑧，作个鸳鸯消得⑨么？

【注释】

①鸣梭：梭子，织具。

②织女：织女星的俗称，位于银河以东，与牵牛星隔银河相对。古代神话传说织女与牛郎隔天河相对，每年七夕渡河相会。后人以此

比喻夫妻或恋人分离，难以相见。

　③青螺：喻青山。

　④微茫：迷漫而模糊。

　⑤翠蛾：妇女细而长的黛眉，古代女子以青黛描画修长的眉毛，故称，借指美女。

　⑥秋闺：秋日的闺房，指易引秋思之所。

　⑦疏狂：豪放，不受拘束。

　⑧横波：比喻眼神闪烁流动。

　⑨消得：值得，配得。

南乡子

　烟暖雨初收，落尽繁花小院幽。摘得一双红豆子，低头，说着分携①泪暗流。

　人去似春休，厄酒②曾将酹石尤③。别自有人桃叶渡④，扁舟，一种烟波各自愁。

【注释】

　①分携：离别。

　②厄酒：犹言杯酒。

　③石尤：传说古代有商人尤某娶石氏女，情好甚笃，尤远行不归，石氏思念成疾，临死叹曰："吾恨不能阻其行以至于此。今凡有商旅远行，吾当作大风为天下妇人阻之。"见元伊世珍《琅记》引《江湖纪闻》。后因称逆风、顶头风为"石尤风"，故后人以之喻阻船之风。

④桃叶渡：渡口名。在今江苏南京秦淮河畔。相传因晋王献之在此送其爱妾桃叶而得名。后人以此指情人分别之地。

南乡子　为亡妇题照

泪咽却无声，只向从前悔薄情。凭仗丹青①重省识②，盈盈，一片伤心画不成③。

别语忒分明，午夜鹣鹣④梦早醒。卿自早醒侬自梦，更更⑤，泣尽风檐夜雨铃。

【注释】

①丹青：丹和青是古代绘画常用的两种颜色，借指绘画，此处指亡妇的画像。

②省识：犹认识、忆起。

③一片伤心画不成：套用唐代高蟾《金陵晚望》："世间无限丹青手，一片伤心画不成。"另金代元好问有《家山归梦图》诗："卷中正有家山在，一片伤心画不成。"

④鹣（jiān）鹣：鸟名，即鹣鸟、比翼鸟，似凫，青赤色，相得乃飞。比喻夫妇情谊。

⑤更更：一更又一更，指整夜。

卷 四

一斛珠 元夜①月蚀

星球②映彻③，一痕微褪梅梢雪。紫姑④待话经年别，窃药⑤心灰，慵把菱花揭。

踏歌⑥才起清钲歇⑦，扇纨⑧仍似秋期⑨洁。天公毕竟风流绝，教看蛾眉，特放些时⑩缺。

【注释】

①元夜：元宵节。

②星球：团团的烟火。

③映彻：晶莹剔透貌。

④紫姑：神话中厕神名。又称子姑、坑三姑。相传为人家妾，为大妇所嫉，每以秽事相役，正月十五日激愤而死。故世人作其形，夜于厕间或猪栏边祭之。见南朝宋刘敬叔《异苑》卷五、南朝梁宗懔《荆楚岁时记》。一说她姓何，名楣，字丽卿，为唐寿阳刺史李景之妾，为大妇曹氏所嫉，正月十五日夜被杀于厕中，天帝怜悯，命为厕神。旧俗每于元宵在厕中祀之，并迎以扶箕。事见《显异录》以及宋苏轼《子姑神记》。

⑤窃药：传说后羿得不死之药于西王母，其妻娥盗食之，成仙奔月，后以"窃药"喻求仙。

⑥踏歌：传统的群众歌舞形式，互相牵手或搭肩，以脚踏地为
节拍。

⑦清钲（zhēng）歇：指锣声停止，表示月食结束。钲，古代军中
乐器，行军时敲击以节制步伐。古代习俗，认为月食是月亮被天狗吃
掉了，因而月食时敲锣以吓退天狗。

⑧扇纨（wán）：指纨扇，白色丝绢做的团扇。

⑨秋期：指七夕，牛郎织女约会之期。

⑩些时：片刻，一会儿。

临江仙

丝雨如尘云著水，嫣香①碎拾吴宫②。百花冷暖避东
风。酷怜娇易散，燕子学偎红③。

人说病宜随月减，恹恹④却与春同。可能留蝶抱花
丛。不成双梦影，翻笑杏梁⑤空？

【注释】

①嫣香：娇艳芳香，亦指娇艳芳香的花。

②吴宫：指春秋吴王的宫殿，春秋吴都有东西宫，据汉袁康《越
绝书·外传记·吴地传》载："西宫在长秋，周一里二十六步，秦始皇
帝十一年，守宫者照燕失火，烧之。"

③偎红：紧贴着红花。

④恹恹：精神萎靡不振的样子。

⑤杏梁：文杏木所制的屋梁，言其屋宇的高贵。汉司马相如《长
门赋》："刻木兰以为榱兮，饰文杏以为梁。"

临江仙

　　长记碧纱窗①外语，秋风吹送归鸦。片帆从此寄尺涯。一灯新睡觉，思梦月初斜。

　　便是欲归归未得，不如燕子还家。春云春水带轻霞②。画船③人似月，细雨落杨花。

【注释】

　　①碧纱窗：装有绿色薄纱的窗。

　　②轻霞：淡霞。

　　③画船：装饰华美的游船。南朝梁元帝《玄圃牛渚矶碑》："画船向浦，锦缆牵矶。"

临江仙
塞上得家报云秋海棠①开矣，赋此

　　六曲阑干三夜雨，倩谁护取娇慵②？可怜寂寞粉墙③东。已分裙衩④绿，犹裹泪绡红⑤。

　　曾记鬓边斜落下，半床凉月惺忪。旧欢如在梦魂中。自然肠欲断，何必更秋风。

【注释】

　　①秋海棠：又称"八月春""断肠花"。《采兰杂志》载，古代有一妇女怀念自己的心上人，但总不能见面，于是经常在墙下哭泣，眼

泪滴入土中，后在洒泪之处长出一植株，花姿妩媚动人，花色像妇人的脸，叶子正面绿、背面红的小草，秋天开花，名曰"断肠草"。《本草纲目拾遗》也记载："相传昔人有以思而喷血阶下，遂生此，故亦名'相思草'。"纳兰性德扈驾塞上，或奉命出使，于塞外得家书后作此词。

②娇慵：柔弱倦怠的样子，这里指秋海棠花。此系以人拟花，为诗人想象之语。

③粉墙：用白灰粉刷过的墙。

④裙钗：裙子与头钗都是妇女的衣饰，旧时借指女子。

⑤绡红：生丝织成的薄纱、薄绢。

临江仙　卢龙①大树

雨打风吹都似此，将军②一去谁怜？画图曾见绿阴圆。旧时遗镞③地，今日种瓜田。

系马南枝④犹在否，萧萧欲下长川⑤。九秋⑥黄叶五更烟。只应摇落尽，不必问当年。

【注释】

①卢龙：地名，在今山海关西南，清属永平府。

②将军：指将军树，即大树。《后汉书·冯异传》："每所止舍，诸将并坐论功，异常独屏树下，军中号曰'大将军树'。"后遂以"将军树"借指大树，亦用为建立军功之典，唐王昌龄《从军行》："虽投定远笔，未坐将军树。"

③遗镞：指遗弃或残剩的箭镞。

④南枝：朝南的树枝，比喻温暖舒适的地方。《古诗十九首·行行重行行》："胡马依北风，越鸟巢南枝。"因以指故土故国。

⑤长川：长流。

⑥九秋：指九月深秋。

临江仙　永平①道中

独客单衾②谁念我，晓来凉雨飕飕③。缄书④欲寄又还休。个侬⑤憔悴，禁得更添愁。

曾记年年三月病，而今病向深秋。卢龙风景白人头。药炉烟里，支枕听河流。

【注释】

①永平：清代永平府，在今山海关一带。

②单衾：薄被。

③飕飕：形容雨声。

④缄书：书信。

⑤个侬：这人，那人。

临江仙　谢饷①樱桃

绿叶成阴春尽也，守宫偏护星星②。留将颜色慰多情。分明千点泪，贮作玉壶冰③。

独卧文园方病渴④，强拈红豆⑤酬卿。感卿珍重报流莺⑥。惜花须自爱，休只为花疼。

①谢饷：感谢赠送。

②星星：通"猩猩"，形容樱桃猩红的颜色。

③玉壶冰：酒名。宋叶梦得《浣溪沙·送卢倅》词："荷叶荷花水底天，玉壶冰酒酿新泉，一欢聊复记他年。"

④文园方病渴：汉司马相如曾任孝文园令，"常有消渴疾"，因此称病闲居，见《史记·司马相如列传》，后遂以"文园病"指消渴病，这里谓文人落魄，病困潦倒。

⑤红豆：代指樱桃。

⑥流莺：莺。流，谓其鸣声婉转。

临江仙　寒柳

飞絮飞花何处是？层冰①积雪摧残。疏疏②一树五更寒。爱他明月好，憔悴也相关③。

最是繁丝摇落后，转教人忆春山④。湔裙梦断续应难。西风多少恨，吹不散眉弯⑤。

【注释】

①层冰：犹厚冰。宋辛弃疾《念奴娇·和韩南涧载酒见过雪楼观雪》词："便拟明年，人间挥汗，留取层冰洁。"

②疏疏：稀疏貌。唐贾岛《光州王建使君水亭作》诗："夕阳庭际眺，槐雨滴疏疏。"

③相关：彼此关连，相互牵涉，互相关心。

④春山：春日的山，亦指春日山中。春日山山色黛青，因喻指妇人姣好的眉毛，这里指代亡妻。

⑤眉弯：弯弯的眉毛。清龚自珍《太常引》词："似他身世，似他心性，无恨到眉弯。"

【点评】

言中有物，几令人感激涕零。容若词亦以此篇为压卷。

——陈廷焯

临江仙

夜来带得些儿雪，冻云①一树垂垂。东风回首不胜悲。叶干丝未尽，未死只颦眉②。

可忆红泥亭子③外，纤腰舞困因谁？如今寂寞待人归。明年依旧绿，知否系斑骓④？

【注释】

①冻云：严冬的阴云。宋陆游《好事近》词："扶杖冻云深处，探溪梅消息。"

②颦眉：皱眉。晋戴逵《放达为非道论》："是犹美西施而学其颦眉，慕有道而折其巾角。"

③红泥亭子：红亭，长亭，路途中行人休憩、送别之处。

④斑骓（zhuī）：毛色青白相杂的骏马。唐李商隐《无题》："斑骓只系垂杨岸，何处西南待好风。"

红窗月

（按：此律作红窗影，一名红窗迥）

燕归花谢，早因循①、又过清明。是一般风景，两样心情。犹记碧桃②影里、誓三生③。

乌丝阑纸④娇红篆，历历⑤春星⑥。道休孤⑦密约，鉴取⑧深盟⑨。语罢一丝香露⑩、湿银屏。

【注释】

①因循：本为道家语，意谓顺应自然。

②碧桃：一种供观赏的桃树，花重瓣，有白、粉红、深红等颜色。

③三生：佛家所说的三世转生，即前生、今生和来生。

④乌丝阑纸：指上下以乌丝织成栏，其间用朱墨界行的绢素，后亦指有墨线格子的笺纸。

⑤历历：一个个清晰分明。

⑥春星：星斗。

⑦孤：辜负，对不住。

⑧鉴取：察知了解。取，助词，表示动作之进行。

⑨深盟：指男女双方向天发誓，永结同心的盟约。

⑩香露：花草上的露水。

踏莎行

春水①鸭头，春山鹦嘴，烟丝无力风斜倚。百花时节好逢迎，可怜人掩屏山睡。

密语移灯，闲情②枕臂，从教③酝酿孤眠味。春鸿④不解⑤讳相思，映窗书破⑥人人字。

【注释】

①春水：春天的河水。

②闲情：闲散的心情。

③从教：任凭，听凭。

④春鸿：春天的鸿雁。

⑤不解：不懂，不理解。

⑥书破：书写错乱，指雁行不成"人"字形。

踏莎行　寄见阳

倚柳题笺，当花侧帽①，赏心②应比驱驰③好。错教双鬟受东风，看吹绿影④成丝早。

金殿⑤寒鸦，玉阶春草，就中冷暖和谁道？小楼明月镇长⑥闲，人生何事缁尘⑦老？

【注释】

①侧帽：斜戴着帽子，语见《周书·独狐信传》，谓信："在秦州，尝因猎，日暮，驰马入城，其帽微侧，诘旦，而吏民有戴帽者，咸慕信而侧帽焉。"后以谓洒脱不羁的装束。

②赏心：心意欢乐。

③驱驰：策马快奔。

④绿影：指乌亮的头发。

⑤金殿：金饰的殿堂，指帝王的宫殿。

⑥镇长：经常，时常。

⑦缁（zī）尘：黑色灰尘，常喻世俗污垢。

蝶恋花

辛苦最怜天上月，一昔①如环，昔昔都成玦②。若似月轮③终皎洁，不辞冰雪为卿热。

无那尘缘容易绝，燕子依然，软踏帘钩说。唱罢秋坟愁未歇，春丛④认取⑤双栖蝶⑥。

【注释】

①一昔：一夜。昔，同"夕"，见《左传·哀公四年》："为一昔之期。"纳兰性德曾在其词序说亡妻曾在梦中"临别有云'衔恨愿为天上月，年年犹得向郎圆'"。

②玦：玉，佩玉的一种。形如环而有缺口，借喻月缺。

③月轮：泛指月亮。

④春丛：春日丛生的花木。

⑤认取：辨认，认得。取，语助词。

⑥双栖蝶：用梁山伯、祝英台死后化蝶的典故。

蝶恋花

眼底风光留不住，和暖和香，又上雕鞍①去。欲倩烟丝遮别路，垂杨那是相思树。

惆怅玉颜成闲阻②，何事东风，不作繁华主。断带③
依然留乞句，斑骓一系无寻处。

【注释】

①雕鞍：雕饰有精美图案的马鞍。

②闲阻：亦作"间阻"，阻隔。

③断带：割断了的衣带。这里用李商隐《柳枝》序云，商隐从弟
李让山遇洛中女子柳枝，诵商隐《燕台诗》，"柳枝惊问：'谁人有
此？谁人为是？'让山谓曰：'此吾里中少年叔耳。'柳枝手断长带，结
让山为赠叔，乞诗"。

蝶恋花

又到绿杨曾折处，不语垂鞭，踏遍清秋路。衰草①
连天无意绪②，雁声远向萧关③去。

不恨天涯行役④苦，只恨西风，吹梦成今古。明日
客程还几许，沾衣况是新寒⑤雨。

【注释】

①衰草：干枯的野草。

②意绪：心意，情绪。南朝齐王融《咏琵琶》："丝中传意绪，花
里寄春情。"

③萧关：古关名，故址在今宁夏固原东南，为自关中通向塞北的
交通要冲，此处指边关。

④行役：旧指因服兵役、劳役或公务而出外跋涉，泛称行旅
出行。

⑤新寒：气候开始转冷。

【点评】

情景兼胜，亦有笔力。一味凄感。

——陈廷焯

以自然之眼观物，以自然之舌言情。

——王国维

蝶恋花

萧瑟^①兰成^②看老去，为怕多情，不作怜花句。阁泪^③倚花愁不语，暗香飘尽知何处？

重到旧时明月路，袖口香寒，心比秋莲^④苦。休说生生^⑤花里住，惜花人去花无主。

【注释】

①萧瑟：寂寞凄凉。

②兰成：北周庾信之小字。北周庾信《哀江南赋》："王子滨洛之岁，兰成射策之年。"唐陆龟蒙《小名录》："庾信幼而俊迈，聪敏绝伦，有天竺僧呼信为兰成，因以为小字。"此处词人借指自己。

③阁泪：含着眼泪。宋夏竦《鹧鸪天·离别》："尊前只恐伤郎意，阁泪汪汪不敢垂。"

④秋莲：荷花，因于秋季结莲，故称。

⑤生生：世世，一代又一代。

蝶恋花　夏夜

露下庭柯①蝉响歇，纱碧如烟，烟里玲珑月。并著香肩②无可说，樱桃③暗解丁香结④。

笑卷轻衫鱼子缬⑤，试扑流萤⑥，惊起双栖蝶。瘦断玉腰⑦沾粉叶，人生那不相思绝。

【注释】

①庭柯：庭园中的树木。晋陶潜《停云》诗："翩翩飞鸟，息我庭柯。"

②香肩：散发着香气的肩背。

③樱桃：比喻女子的嘴唇如樱桃般小巧红艳，此处代指恋人。

④丁香结：丁香的花蕾。用以喻愁绪之郁结难解。五代前蜀尹鹗《拨棹子》词："寸心恰似丁香结，看看瘦尽胸前雪。"

⑤鱼子缬(xié)：绢织物名。唐段成式《嘲飞卿》："醉袂几侵鱼子缬，飘缨长胃凤皇钗。"

⑥流萤：飞行无定的萤。唐杜牧《秋夕》诗："银烛秋光冷画屏，轻罗小扇扑流萤。"

⑦玉腰：称美女的腰，这里指蝴蝶的身体。

蝶恋花　出塞

今古河山无定据①，画角②声中，牧马③频来去。满目荒凉谁可语？西风吹老丹枫树。

从前幽怨应无数，铁马金戈④，青冢⑤黄昏路。一往情深深几许，深山夕照深秋雨。

【注释】

①无定据：没有一定。宋毛开《渔家傲·次丹阳忆故人》词："可忍归期无定据，天涯已听边鸿度。"

②画角：古管乐器，传自西羌。形如竹筒，本细末大，以竹木或皮革等制成，因表面有彩绘，故称。发声哀厉高亢，古时军中多用以警昏晓，振士气，肃军容。帝王出巡，亦用以报警戒严。

③牧马：指古代作战用的战马。

④铁马金戈：形容威武雄壮的士兵和战马。代指战事，兵事。

⑤青冢：指汉王昭君墓，在今内蒙古自治区呼和浩特南。

【点评】

此首通体俱佳。唯换头"从前幽怨"不叶，可倒为"幽怨从前"。

——吴世昌

几乎是孤臣孽子的情绪了。

——严迪昌

蝶恋花

尽日惊风①吹木叶，极目嵯峨，一丈天山②雪。去去③丁零④愁不绝，那堪客里还伤别。

若道客愁容易辍，除是朱颜，不共春销歇⑤。一纸乡书和泪摺⑥，红闺此夜团圞月。

①惊风：狂风。

②天山：在新疆中部。此处是以天山代指塞外之山。

③去去：一步一步地远行，越去越远。

④丁零：古代少数民族名，汉时游牧于我国北部和西北部。《史记·匈奴列传》："后北服浑庾、屈射、丁零、鬲昆、薪犁之国。"张守义正义："已上五国在匈奴北。"此处是借指塞外极边之地。

⑤销歇：衰败零落。

⑥摺：通"折"。

【点评】

赠别也好，情词也好，率露之语，温柔蕴藉，是其突出的特色。

——张秉戍

蝶恋花

准拟①春来消寂寞，愁雨愁风，翻把春担阁②。不为伤春情绪恶，为怜镜里颜非昨。

毕竟③春光谁领略④？九陌⑤缁尘，抵死⑥遮云壑⑦。若得寻春终遂约，不成长负东君⑧诺。

【注释】

①准拟：料想，打算。

②担阁：耽搁，迟延，耽误。

③毕竟：终归，终究，到底。

④领略：欣赏，晓悟。

⑤九陌：汉长安城中的九条大道。《三辅黄图·长安八街九陌》："《三辅旧事》云：长安城中八街、九陌。"泛指都城大道和繁华闹市。

⑥抵死：经常，总是。宋晏殊《蝶恋花》："百尺朱楼闲倚遍。薄雨浓云，抵死遮人面。"

⑦云壑：云气遮覆的山谷，此处借指僻静的隐居之所。唐于鹄《过凌霄洞天谒张先生祠》诗："乃知轩冕徒，宁比云壑眠。"

⑧东君：传说中的太阳神或指司春之神。《史记·封禅书》："晋巫，祠五帝、东君、云中，司命、巫社、巫祠、族人、先炊之属。"

唐多令　雨夜

丝雨织红茵①，苔阶②压绣纹。是年年、肠断黄昏。到眼芳菲都惹恨，那更说，塞垣③春。

萧飒④不堪闻，残妆⑤拥夜分⑥。为梨花、深掩重门⑦。梦向金微山⑧下去，才识路，又移军⑨。

【注释】

①红茵：红色的垫褥。唐元稹《梦游春七十韵》："铺设绣红茵，施张钿妆具。"这里指红花遍地，犹如红色地毯。

②苔阶：生有苔藓的石阶。

③塞垣：本指汉代为抵御鲜卑所设的边塞，后亦指长城，边关城墙。

④萧飒：形容风雨吹打草木所发出的声音。

⑤残妆：指女子残褪的化妆。

⑥夜分：夜半。

⑦重门：官门，屋内的门。

⑧金微山：今天的阿尔泰山。后汉永元三年耿夔击北单于于金微山，大破之，单于走死，山在漠北，去朔方五千余里，唐置金微都督府。

⑨移军：转移军队。

唐多令

金液①镇心惊，烟丝似不胜。沁鲛绡②、湘竹无声。不为香桃③怜瘦骨，怕容易，减红情④。

将息⑤报飞琼⑥，蛮笺⑦署小名。鉴凄凉、片月三星⑧。待寄芙蓉心上露，且道是，解朝酲⑨。

【注释】

①金液：古代方士炼的一种丹液，谓服之可以成仙，也用来喻美酒。

②鲛绡：传说中鲛人所织的绡，亦借指薄绢、轻纱，亦可代指手帕、丝巾。

③香桃：指仙境里的桃树。唐李商隐《海上谣》："海底觅仙人，香桃如瘦骨。"亦可解为香桃骨，比喻女子的坚贞风骨。

④红情：犹言艳丽的情趣。

⑤将息：保重，调养。

⑥飞琼：许飞琼，传说中的仙女名，西王母的侍女，后泛指仙女或美丽的女子。

⑦蛮笺：谓蜀笺，唐时指四川地区所造彩色花纸；或唐时高丽纸的别称。

⑧三星：《诗经·唐风·绸缪》："三星在天。"毛诗："三星，参也。"郑玄笺："三星，谓心星也。"均专指一宿而言，但天空中明亮的三星，有参宿三星、心宿三星、河鼓三星，这里指心宿三星。

⑨朝酲（chéng）：谓隔夜醉酒早晨酒醒后仍困惫如病。

唐多令　塞外重九

古木向人秋，惊蓬①掠鬓稠。是重阳、何处堪愁。记得当年惆怅事，正风雨，下南楼②。

断梦几能留，香魂③一哭休。怪凉蟾④、空满衾裯⑤。霜落乌啼浑不睡，偏想出，旧风流。

【注释】

①惊蓬：疾飞的断蓬，喻行踪漂泊不定，也用来形容散乱蓬松的头发。

②南楼：在南面的楼。南朝宋谢灵运有《南楼中望所迟客》诗。

③香魂：美人之魂。

④凉蟾：皎月，指秋月。唐李商隐《燕台诗·秋》："月浪衡天天宇湿，凉蟾落尽疏星入。"

⑤衾裯（chóu）：指被褥床帐等卧具。语出《诗经·召南·小星》："肃肃宵征，抱衾与裯，实命不犹。"

踏莎美人　清明

　　拾翠①归迟，踏青期近，香笺小叠邻姬②讯③。樱桃花谢已清明，何事绿鬟④斜軃⑤、宝钗横。

　　浅黛双弯，柔肠几寸，不堪更惹其他恨。晓窗窥梦有流莺，也说个侬⑥憔悴、可怜生⑦。

【注释】

　　①拾翠：拾取翠鸟羽毛以为首饰，后多指妇女游春。语出三国魏曹植《洛神赋》："或采明珠，或拾翠羽。"

　　②邻姬：邻家女子。

　　③讯：通"信"。

　　④绿鬟：指乌黑发亮的头发。

　　⑤斜軃（duǒ）：斜斜地垂下来。

　　⑥个侬：犹这人或那人。

　　⑦生：用于形容词词尾。

苏幕遮

　　枕函香，花径①漏。依约相逢，絮语②黄昏后。时节薄寒③人病酒④。划地⑤梨花，彻夜东风瘦。

　　掩银屏，垂翠袖。何处吹箫？脉脉情微逗⑥。肠断月明红豆蔻⑦。月似当时，人似当时否？

【注释】

①花径：花间的小路。

②絮语：连续不断地说话。

③薄寒：微寒。

④病酒：饮酒沉醉或谓饮酒过量而生病。

⑤划地：尽是。

⑥逗：引发，触动。

⑦红豆蔻：植物名。宋范成大《桂海虞衡志·志花·红豆蔻》："红豆蔻花丛生……一穗数十蕊，淡红鲜妍，如桃杏花色。蕊重则下垂如蒲萄，又如火齐璎珞及剪彩鸾枝之状。此花无实，不与草豆蔻同种。每蕊心有两瓣相并，词人托兴曰比目连理云。"

苏幕遮　咏浴

鬓云松，红玉①莹。早月多情，送过梨花影。半晌斜钗慵②未整。晕入轻潮，刚爱微风醒。

露华③清，人语静。怕被郎窥，移却青鸾镜④。罗袜⑤凌波⑥波不定。小扇单衣，可耐星前冷。

【注释】

①红玉：比喻红色而有光泽的东西。

②慵：慵懒。

③露华：清冷的月光。

④青鸾镜：镜子。相传罽宾王于峻祁之山，获一鸾鸟，饰以金樊，

食以珍馐，但三年不鸣。其夫人曰：尝闻鸟见其类而后鸣，何不悬镜以映之。王从其意，鸾睹形悲鸣，哀响中霄，一奋而绝。见《艺文类聚》卷九十引南朝宋范泰《鸾鸟诗序》。后因以"青鸾"借指镜。清阮元《小沧浪笔谈》卷三："青鸾不用羞孤影，开匣常如见故人。"

⑤罗袜：丝罗所制之袜。

⑥凌波：形容女子脚步轻盈，飘移如履水波。语出曹植《洛神赋》："凌波微步，罗袜生尘。"

淡黄柳　咏柳

三眠①未歇，乍到秋时节。一树斜阳蝉更咽，曾绾灞陵②离别。絮已为萍风卷叶，空凄切。

长条莫轻折。苏小恨，倩他说。尽飘零、游冶③章台④客。红板桥⑤空，潸裙人⑥去，依旧晓风残月。

【注释】

①三眠：三眠柳，指柽柳，又名人柳，此柳的柔弱枝条在风中摇曳，时时伏倒。《三辅故事》："汉苑中有柳状如人形，号曰人柳。一日三眠三起。"故柽柳又称三眠柳。

②灞陵：古地名。本作霸陵。故址在今陕西西安市东。汉文帝葬于此，故称。三国魏改名霸城，北周建德二年废。

③游冶：出游寻乐。

④章台：秦宫殿名，以宫内有章台而得名，此处指妓楼舞馆。唐韩有姬柳氏，以艳丽称。韩获选上第，归家省亲；柳留居长安，安史乱起，出家为尼。后韩使人寄柳诗曰："章台柳，章台柳，昔日青青今在

否? 纵使长条似旧垂,亦应攀折他人手。"

⑤红板桥:红色木板搭建的桥。唐白居易《杨柳枝词》之四:"红板江桥青酒旗,馆娃宫暖日斜时。"

⑥湔裙人:代指情人或某女子。湔裙本为度厄避灾。后唐李商隐《柳枝词序》云:洛中里女子柳枝与商隐之弟李让山相遇相约,谓三日后她将"湔裙水上"来会,后以此典借指情爱之事。

青玉案　辛酉人日①

东风七日蚕芽②软。青一缕、休教剪。梦隔湘烟征雁远。那堪又是,鬓丝吹绿,小胜③宜春颤。

绣屏浑不遮愁断。忽忽年华空冷暖。玉骨几随花骨换。三春醉里,三秋别后,寂寞钗头燕。

【注释】

①人日:旧俗以农历正月初七为人日,传说女娲初创世,在造出了鸡狗猪牛马等动物后,于第七天造出了人,所以这一天是人类的生日。晋董勋《问礼俗》载,正月一日为鸡,二日为狗,三日为羊,四日为猪,五日为牛,六日为马,七日为人。

②蚕芽:桑芽。

③小胜:玉胜,又称华胜。古代一种玉制的发饰,为花形首饰。传说为西王母所戴,汉代后多以剪彩为之。南朝梁人宗懔在《荆楚岁时记》中曾记录楚地"剪春胜以相遗"的习俗:"正月七日为人日。以七种菜为羹,剪彩为人,或镂金箔为人,以贴屏风,亦戴之头鬓。又造华胜以相遗。"

青玉案　宿乌龙江①

东风卷地飘榆荚②。才过了、连天雪。料得香闺③香正彻。那知此夜，乌龙江畔，独对初三月。

多情不是偏多别。别离只为多情设。蝶梦④百花花梦蝶。几时相见，西窗剪烛⑤，细把而今说。

【注释】

①乌龙江：黑龙江。

②榆荚：榆树之荚，榆树结的果实。

③香闺：指青年女子的内室。

④蝶梦：《庄子·齐物论》："昔者庄周梦为胡蝶，栩栩然胡蝶也，自喻适志与！不知周也。俄然觉，则蘧蘧然周也。不知周之梦为胡蝶与，胡蝶之梦为周与？周与胡蝶，则必有分矣。此之谓物化。"后因以"蝶梦"喻迷离恍惚的梦境。

⑤西窗剪烛：犹言剪烛西窗，指亲友聚谈。语出李商隐诗《夜雨寄北》："何当共剪西窗烛，共话巴山夜雨时。"此指与所思恋的人聚谈。

月上海棠　中元①塞外

原头野火烧残碣②，叹英魂、才魄暗销歇。终古江山，问东风、几番凉热③。惊心事，又到中元时节。

凄凉况是愁中别，枉沉吟④、千里共明月。露冷鸳鸯，最难忘、满池荷叶。青鸾⑤杳，碧天云海⑥音绝。

【注释】

①中元：中元节，指农历七月十五日。旧时道观于此日作斋醮，僧寺作盂兰盆会，民俗亦有祭祀亡故亲人等活动。

②残碣（jié）：残碑。

③凉热：寒暑，冷暖。

④沉吟：深思吟咏。

⑤青鸾：青鸟，神话传说中为西王母取食传信的神鸟，借指传送信息的使者。化用李商隐《无题》："蓬山此去无多路，青鸟殷勤为探看。"

⑥碧天云海：形容天水一色，无限辽远。此句化用李商隐《嫦娥》："嫦娥应悔偷灵药，碧海青天夜夜心。"

月上海棠　瓶梅①

重檐②淡月浑如水，浸寒香③、一片小窗里。双鱼④冻合⑤，似曾伴、个人无寐。横眸⑥处，索笑⑦而今已矣。

与谁更拥灯前髻，乍横斜、疏影疑飞坠。铜瓶小注，休教近、麝炉烟气。酬伊也，几点夜深清泪。

【注释】

①瓶梅：插在瓶中以供观赏的梅花。

②重檐：两层屋檐。

③寒香：清冽的香气，形容梅花的香气。

④双鱼：双鱼洗，镌刻有双鱼形象的洗手器。

⑤冻合：犹言冰封。唐李益《盐州过胡儿饮马泉》诗："从来冻合关山路，今日分流汉使前。"

⑥横眸：流动的眼神。

⑦索笑：犹逗乐，取笑。

一丛花　咏并蒂莲①

阑珊玉佩罢《霓裳》②，相对绾③红妆。藕丝风送凌波去，又低头、软语④商量。一种情深，十分心苦，脉脉背斜阳。

色香空尽转生香，明月小银塘⑤。桃根桃叶⑥终相守，伴殷勤、双宿鸳鸯。菰米⑦漂残，沉云乍黑，同梦寄潇湘⑧。

【注释】

①并蒂莲：并排长在同一茎上的两朵莲花。

②《霓裳》：《霓裳羽衣曲》，唐代著名舞曲，为开元中河西节度使杨敬忠所献，初名《婆罗门曲》，经唐玄宗润色并制歌词，后改用今名。传说中亦有唐玄宗登三乡驿、望女儿山及游月宫密记仙女之歌，归而所作等说。

③绾：盘绕，系结。

④软语：体贴温柔委婉的话。

⑤银塘：清澈明净的池塘。南朝梁简文帝《和武帝宴诗》之一："银塘泻清渭，铜沟引直漪。"

⑥桃根桃叶：桃叶是晋王献之爱妾，桃根是桃叶的妹妹。王献之《桃叶歌》："桃叶复桃叶，渡江不用楫。但渡无所苦，我自迎接汝。"又："桃叶复桃叶，桃树连桃根。相怜两乐事，独使我殷勤。"

⑦菰（gū）米：菰之实。一名雕胡米，古时为六谷之一。

⑧潇湘：指湘江，因湘江水清深故名。相传舜二妃娥皇、女英没于湘水，遂为湘水之神。这里借二妃代指并蒂莲。

金人捧露盘　净业寺①观莲，有怀荪友

藕风轻，莲露冷，断虹②收，正红窗、初上帘钩。田田③翠盖④，趁斜阳、鱼浪⑤香浮。此时画阁垂杨岸，睡起梳头。

旧游踪，招提⑥路，重到处，满离忧。想芙蓉、湖上悠悠。红衣狼藉，卧看桃叶送兰舟。午风吹断江南梦，梦里菱讴⑦。

【注释】

①净业寺：据《啸亭续录》云："成亲王府在净业湖北岸，系明珠宅。"故净业寺在净业湖边，旧址大约在今北京什刹海后海宋庆龄故居附近。

②断虹：一段彩虹。

③田田：形容荷叶相连的样子，古乐府《江南曲》中有"莲叶何田田"的句子。

④翠盖：饰以翠羽的车盖，指形如翠盖的植物茎叶。

⑤鱼浪：波浪，鳞纹细浪。

⑥招提：音译为"拓斗提奢"，省作"拓提"，后误为"招提"，其义为"四方"，四方之僧称招提僧，四方僧之住处称为招提僧坊，北魏太武帝造伽蓝创招提之名，后遂为寺院的别称。此处指净业寺。

⑦菱讴：菱歌，采菱之歌。

洞仙歌　咏黄葵①

铅华不御，看道家妆②就。问取人家入时否。为孤情淡韵，判不宜春，矜标格、开向晚秋时候。

无端轻薄雨，滴损檀心③，小叠宫罗④镇⑤长皱。何必诉凄清，为爱秋光，被几日、西风吹瘦。便零落、蜂黄⑥也休嫌，且对倚斜阳，胜偎红袖。

【注释】

①黄葵：植物名，即秋葵、黄蜀葵，唐薛能有《黄蜀葵》诗，唐韩偓有《黄蜀葵赋》。七至十月开花，状貌似蜀葵，花亦不像蜀葵之色彩纷繁，大多为淡黄色，近花心处呈紫褐色。

②道家妆：身着黄色的道袍。

③檀心：浅红色的花蕊，这里指黄葵紫褐色的花心。

④宫罗：一种质地较薄的丝织品。

⑤镇：久、常之意。

⑥蜂黄：古代妇女涂额的黄色妆饰，也称花黄、额黄。唐李商隐《酬崔八早梅有赠兼示之作》诗："何处拂胸资蝶粉，几时涂额藉蜂黄。"

翦湘云　送友

险韵①慵拈，新声②醉倚。尽历遍情场，懊恼曾记。不道当时肠断事，还较而今得意。向西风、约略数年华，旧心情灰矣。

正是冷雨秋槐，鬓丝憔悴。又领略愁中，送客滋味。密约重逢知甚日，看取青衫和泪③。梦天涯、绕遍尽由人，只樽前迢递④。

【注释】

①险韵：生僻难押的诗韵。

②新声：新作的乐曲，新颖美妙的乐音。或指新乐府辞或其他不能入乐的诗歌。

③青衫和泪：唐白居易贬官江州司马时所作《琵琶行》："座中泣下谁最多，江州司马青衫湿。"后喻指失意之官吏。

④迢递：形容时间久长。唐韦应物《春宵燕万年吉少府中孚南馆》诗："河汉上纵横，春城夜迢递。"

念奴娇

人生能几？总不如休惹、情条①恨叶。刚是尊前同一笑，又到别离时节。灯炧挑残，炉烟爇尽，无语空凝咽②。一天凉露，芳魂③此夜偷接。

怕见人去楼空，柳枝无恙，犹扫窗间月。无分暗香深处住，悔把兰襟④亲结。尚暖檀⑤痕，犹寒翠影，触绪添悲切。愁多成病，此愁知向谁说？

【注释】

① 情条：指纷乱的情绪。

② 凝咽：犹哽咽，哭时不能痛快出声。

③ 芳魂：谓美人的魂魄。

④ 兰襟：芬芳的衣襟，比喻知心朋友。

⑤ 檀：檀粉。

念奴娇

绿杨飞絮，叹沉沉①院落、春归何许②？尽日缁尘吹绮陌③，迷却梦游归路。世事悠悠，生涯未是，醉眼斜阳暮。伤心怕问，断魂何处金鼓④？

夜来月色如银，和衣独拥，花影疏窗度。脉脉此情谁得识？又道故人别去。细数落花，更阑⑤未睡，别是闲情绪。闻余长叹，西廊唯有鹦鹉。

【注释】

①沉沉：幽深的样子。

②何许：什么，哪里。

③绮陌：繁华的街道，亦指风景美丽的郊野道路。

④金鼓：钲。《汉书·司马相如传上》："拟金鼓，吹鸣籁。"颜师古注："金鼓谓钲也。"王先谦补注："钲，铙。其形似鼓，故名金鼓。"

⑤更阑：更深夜尽，深夜。

念奴娇　废园有感

片红①飞减，甚东风不语、只催漂泊。石上胭脂②花上露，谁与画眉③商略？碧甃④瓶沉，紫钱⑤钗掩，雀踏金铃索⑥。韶华如梦，为寻好梦担阁。

又是金粉⑦空梁，定巢燕子，一口香泥落。欲写华笺凭寄与，多少心情难托。梅豆⑧圆时，柳绵飘处，失记⑨当初约。斜阳冉冉，断魂分付残角⑩。

【注释】

①片红：残花。

②胭脂：这里指花瓣。

③画眉：画眉鸟，鸣声婉转动听因有色眼圈而得此名。

④碧甃：青绿色的井壁，借指井。

⑤紫钱：指苔藓。

⑥金铃索：护花铃的绳索。

⑦金粉：喻指繁华绮丽的生活。

⑧梅豆：梅花苞蕾。

⑨失记：忘记。

⑩残角：远处隐约的角声。唐清江《夕次襄邑》诗："古戌鸣寒角，疏林振夕风。"

【点评】

诗人极写庭院冷落，极写对庭院主人的怀念，同时又隐藏对人生的看法，隐藏着对兴废盛衰的悲哀。

——黄天骥

全词未见"愁""苦""怨""恨"等字样，所谓"即愁苦之音亦以华贵出之"（况周颐《蕙风词话》卷一）；而寓怅惘哀伤之情于景物描写之中，意旨深沉。

——盛冬铃

念奴娇　宿汉儿村

无情野火，趁西风烧遍、天涯芳草。榆塞①重来冰雪里，冷入鬓丝吹老。牧马长嘶，征笳②乱动，并入愁怀抱。定知今夕，庾郎瘦损多少。

便是脑满肠肥，尚难消受，此荒烟落照。何况文园③憔悴后，非复酒垆④风调。回乐峰⑤寒，受降城⑥远，梦向家山绕。茫茫百感，凭高唯有清啸⑦。

【注释】

①榆塞：《汉书·韩安国传》："后蒙恬为秦侵胡，辟数千里，以河为竟。累石为城，树榆为塞，匈奴不敢饮马于河。"后因以"榆塞"

泛称边关、边塞。

②征笳：旅人吹奏的胡笳。

③文园：指汉司马相如，因司马相如曾任文园令。《史记·司马相如列传》曰："口吃而善著书，常有消渴疾。与卓氏婚，饶于财。其进仕宦，未尝肯与公卿国家之事，称病闲居，不慕官爵。"

④酒垆：卖酒处安置酒瓮的砌台，亦借指酒肆、酒店。这里指司马相如过饮于卓氏，以琴心挑之，文君夜奔相如，同驰归成都。因家贫复回临邛，尽卖其车骑，置酒舍卖酒。相如身穿犊鼻裈，与奴婢杂作、涤器于市中，而使文君当垆，卓王孙深以为耻，不得已而分财产与之，使回成都。

⑤回乐峰：回乐县境内的一个山峰。回乐县唐属灵州，为朔方节度治所，在今甘肃灵武西南。

⑥受降城：城名。汉唐筑以接受敌人投降，故名。汉故城在今内蒙古乌拉特旗北，唐筑有三城，中城在朔州，西城在灵州，东城在胜州。唐李益《夜上受降城闻笛》："回乐峰前沙似雪，受降城外月如霜。"

⑦清啸：清越悠长的啸鸣。

东风第一枝　桃花

薄劣①东风，凄其夜雨，晓来依旧庭院。多情前度崔郎②，应叹去年人面。湘帘③乍卷，早迷了、画梁栖燕。最娇人、清晓莺啼，飞去一枝犹颤。

背山郭、黄昏开遍。想孤影、夕阳一片。是谁移向亭皋④，伴取晕眉⑤青眼⑥。五更风雨，莫减却、春光一线。傍荔墙⑦、牵惹游丝，昨夜绛楼⑧难辨。

【注释】

①薄劣：薄情。宋张翥《踏莎行》："薄劣东风，夭邪落絮，明朝重觅吹笙路。"

②崔郎：崔护，字殷功，博陵（今河北定县）人。唐代诗人，官至御史大夫、岭南节度使。据唐孟棨《本事诗·情感》记载，崔护于清明日游长安城南，因渴求饮，见一女子独自靠着桃树站立，遂一见倾心。次年清明又去，人未见，门已锁。崔因题诗于左扉："去年今日此门中，人面桃花相映红。人面不知何处去，桃花依旧笑春风。"

③湘帘：用湘妃竹做的帘子。宋范成大《夜宴曲》诗："明琼翠带湘帘斑，风帏绣浪千飞鸾。"

④亭皋：水边的平地。《汉书·司马相如传上》："亭皋千里，靡不被筑。"王先谦补注："亭当训平……亭皋千里，犹言平皋千里。皋，水旁地。"

⑤晕眉：谓妇女晕淡的眉目。

⑥青眼：柳眼。

⑦荔墙：薜荔墙。

⑧绛楼：红楼。

秋水　听雨
（按：此调谱律不载，疑亦自度曲）

谁道破愁须仗酒，酒醒后，心翻醉。正香销翠被①，隔帘惊听，那又是、点点丝丝和泪。忆剪烛②、幽窗小憩。娇梦垂成③，频唤觉、一眄秋水④。

依旧乱蛩声里，短檠明灭，怎教人睡。想几年踪迹，过头风浪⑤，只消受、一段横波⑥花底。向拥髻、灯前提起。甚日还来，同领略、夜雨空阶滋味。

【注释】

①翠被：翡翠羽制成的背帔。

②忆剪烛：语出唐李商隐《夜雨寄北》诗。谓剔烛芯。后以"剪烛"为促膝夜谈之典。元杨载《题火涉不花同知画像》诗："鹔鹴裘暖鸣鞭疾，翡翠帘深剪烛频。"

③垂成：事情将近成功。

④秋水：秋天的水，比喻人（多指女人）清澈明亮的眼睛。

⑤风浪：比喻艰险的遭遇。

⑥横波：水波闪动，比喻女子眼神闪烁。

木兰花慢
立秋夜雨，送梁汾南行

盼银河迢递，惊入夜，转清商①。乍西园蝴蝶，轻翻麝粉②，暗惹蜂黄③。炎凉。等闲瞥眼，甚丝丝、点点搅柔肠。应是登临送客，别离滋味重尝。

疑将④。水墨⑤画疏窗。孤影淡潇湘⑥。倩一叶高梧，半条残烛，做尽商量。荷裳⑦。被风暗剪，问今宵、谁与盖鸳鸯。从此羁愁⑧万叠⑨，梦回分付啼螀⑩。

【注释】

①清商：商声，古代五音之一。古谓其调凄清悲凉，故称。谓秋雨、秋风之声。晋潘岳《悼亡诗》："清商应秋至，溽暑随节阑。"

②麝粉：香粉，代指蝴蝶翅膀。

③蜂黄：此处代指蜜蜂。

④疑将：仿佛，类似。将，助词。唐王勃《郊园即事》："断山疑画障，悬溜泻鸣琴。"

⑤水墨：浅黑色，常形容或借指烟云。

⑥潇湘：本指湘江，或指潇水、湘水，此处代指竹子。

⑦荷裳：用荷叶做衣服，这里指荷叶。

⑧羁愁：旅人的愁思。

⑨万叠：形容愁情的深厚。

⑩螀（jiāng）："寒蝉"，蝉的一种，比较小，墨色，有黄绿色的斑点，秋天出来鸣叫。

水龙吟　题文姬①图

须知名士倾城，一般易到伤心处。柯亭②响绝，四弦③才断，恶风吹去。万里他乡，非生非死，此身良苦。对黄沙白草④，呜呜卷叶，平生恨、从头谱。

应是瑶台伴侣。只多了、毡裘⑤夫妇。严寒鼙簺⑥，几行乡泪，应声如雨。尺幅⑦重披⑧，玉颜千载，依然无主。怪人间厚福⑨，天公尽付，痴儿呆女⑩。

【注释】

①文姬：汉蔡文姬，名蔡琰，字文姬，生卒年不详。陈留圉（今河南杞县南）人。为汉代文学家蔡邕之女。博学能文，才有名，通音律。有《悲愤诗》二首传世。

②柯亭：古地名。又名高迁亭。在今浙江绍兴西南，以产良竹著名。晋伏滔《长笛斌》："初，邕避难江南，宿于柯亭。柯亭之观，以竹为椽。邕仰而盼之曰：'良竹也。'取以为笛，奇声独绝。历代传之，以至于今。"

③四弦：指琵琶。因有四弦，故称。

④黄沙白草：形容边塞的荒凉景象。

⑤毡裘：古代北方少数民族用毛制成的衣服。

⑥觱篥（bì lì）：古代的一种管乐器，形似喇叭，以芦苇为嘴，以竹做管，吹出的声音悲凄，羌人所吹。唐刘商《胡笳十八拍》第七拍："龟兹觱篥愁中听，碎叶琵琶夜深怨。"

⑦尺幅：指小幅的纸或绢，泛称文章、画卷。

⑧披：披露，陈述。

⑨厚福：多福，大福。

⑩痴儿呆女：指迷恋于情爱的男女。

【点评】

观其"非生非死""毡裘夫妇"句可知。前者出梅村《悲歌赠吴季子》，后者则谓汉槎妻葛氏随戍宁古塔、首韵"须知名士倾城，一般易到伤心处"，名士谓吴，倾城指蔡，言汉槎，文姬运命相匹也。有注释者以此词写"有才之士备受折磨"，而终不及吴事，犹隔靴止痒。又注"四弦才断"为"比喻死了配偶"，全然不着边际。

——赵秀亭

水龙吟　再送①荪友②南还

　　人生南北真如梦，但卧③金山④高处。白波⑤东逝，乌啼花落，任他日暮。别酒盈觞，一声将息，送君归去。便烟波万顷，半帆残月，几回首、相思苦。

　　可忆柴门深闭，玉绳⑥低、剪灯夜雨。浮生如此，别多会少，不如莫遇。愁对西轩⑦，荔墙叶暗，黄昏风雨。更那堪几处，金戈铁马⑧，把凄凉助。

【注释】

　　①再送：严绳孙南归时，性德先作《送荪友》诗相送，之后再作此词，是为"再送"。

　　②荪友：严绳孙。

　　③卧：高卧，形容悠然归隐的生活。

　　④金山：山名，在江苏镇江西北。古有氏父、获符、伏牛、浮玉等名，唐时裴头陀获金于江边，因改名。这里代指严绳孙的家乡。

　　⑤白波：白色波浪、水流，此处喻指时光。

　　⑥玉绳：星名，常泛指群星，北斗七星之斗勺，在北斗第五星玉衡之北，即天乙、太乙二星。

　　⑦轩：有窗的长廊。

　　⑧金戈铁马：金属制的戈，配有铁甲的战马。指战争。

【点评】

　　是再送之意，说得旷达。

——陈淏

此词多酸楚，与严绳孙所作《进士纳兰君哀词》"岁四月，余将以归。入辞容若，时坐无余人，相与叙生平聚散，究人事之始终。语有所及，怆然伤怀"，及诗人《送荪友》《暮春别严四荪友》二诗内容一致，当作于康熙二十四年严绳孙第二次南归时。

——张草纫

齐天乐　塞外七夕

白狼河北秋偏早，星桥①又迎河鼓②。清漏频移，微云欲湿，正是金风玉露③。两眉愁聚。待归踏榆花，那时才诉。只恐重逢，明明相视更无语。

人间别离无数。向瓜果筵④前，碧天凝伫。连理千花，相思一叶，毕竟随风何处。羁栖⑤良苦。算未抵空房，冷香⑥啼曙⑦。今夜天孙⑧，笑人愁似许。

【注释】

①星桥：神话中的鹊桥。南北朝庾信《舟中望月》诗："天汉看珠蚌，星桥视桂花。"

②河鼓：星名，属牛宿，在牵牛之北，一说即牵牛。《史记·天官书》："牵牛为牺牲。其北河鼓，河鼓大星，上将；左右，左右将。"司马贞索隐引孙炎曰："河鼓之旗十二星，在牵牛北。或名河鼓为牵牛也。"《尔雅·释天》："何鼓谓之牵牛。"

③金风玉露：秋风和白露，亦借指秋天。宋秦观《鹊桥仙》："金风玉露一相逢，便胜却人间无数。"

④瓜果筵：七夕夜食瓜果的习俗。

⑤羁栖：滞留他乡。

⑥冷香：指花、果的清香或清香之花，代指女子。清侯方域《梅宣城诗序》："'昔年别君秦淮楼，冷香摇落桂华秋。'冷香者，余栖金陵所与狭斜游者也。"

⑦啼曙：整夜啼哭，直至天亮。

⑧天孙：星名，即织女星，指传说中巧于织造的仙女。

瑞鹤仙
丙辰①生日自寿，起用弹指词②句，并呈见阳③

马齿④加长矣，枉碌碌乾坤，问女⑤何事。浮名总如水。拚⑥尊前杯酒，一生长醉。残阳影里，问归鸿、归来也未？且随缘⑦、去住无心，冷眼⑧华亭鹤唳。

无寐。宿醒⑨犹在。小玉⑩来言，日高花睡。明月阑干，曾说与、应须记。是蛾眉便自、供人嫉妒，风雨飘残花蕊。叹光阴、老我无能，长歌⑪而已。

【注释】

①丙辰：康熙十五年，此年纳兰性德二十二岁。

②弹指词：指顾贞观《弹指词》（金缕曲·丙午生日自寿）。

③见阳：张见阳。

④马齿：马的牙齿。后因以谦称自己虚度年华，没有成就。《榖梁传·僖公二年》："荀息牵马操璧而前曰：'璧则犹是也，而马齿加长矣！'"

⑤女：通"汝"，此处为诗人自指。

⑥拚：甘愿。

⑦随缘：佛教语，谓佛应众生之缘而施教化，缘，指身心对外界的感触，后指顺应机缘，任其自然。

⑧冷眼：冷静理智的眼光，冷淡的态度。华亭鹤唳：南朝宋刘义庆《世说新语·尤悔》："陆平原河桥败，为卢志所谮，被诛，临刑叹曰：'欲闻华亭鹤唳，可复得乎？'"华亭在今上海松江西，陆机于吴亡入洛以前常与弟云游于华亭墅中。后以"华亭鹤唳"为感慨生平悔入仕途之典。

⑨宿醒：犹宿醉，三国魏徐干《情诗》："忧思连相属，中心如宿醒。"

⑩小玉：神话中仙人侍女名，泛称侍女。

⑪长歌：放声高歌。

雨霖铃　种柳

横塘如练。日迟①帘幕，烟丝斜卷。却从何处移得，章台仿佛，乍舒娇眼。恰带一痕残照，锁黄昏庭院。断肠处、又惹相思，碧雾②蒙蒙③度双燕。

回阑恰就轻阴④转。背风花⑤、不解春深浅。托根⑥幸自天土，曾试把、《霓裳》舞遍。百尺⑦垂垂⑧，早是酒醒，莺语如剪。只休隔、梦里红楼，望个人儿见。

【注释】

①日迟：感到昼长而无聊。语出《诗经·豳风·七月》："春日迟迟。"

②碧雾：青色的云雾。

③蒙蒙：迷茫貌。

④轻阴：淡云或疏淡的树荫。

⑤风花：风中之花。唐卢照邻《折杨柳》："露叶凝秋黛，风花乱舞衣。"

⑥托根：犹寄身。

⑦百尺：十丈，喻高、长或深。

⑧垂垂：渐渐。

疏影　芭蕉

　　湘帘卷处，甚离披①翠影，绕檐遮住。小立吹裙，常伴春慵②，掩映绣床金缕③。芳心④一束浑难展，清泪裹、隔年愁聚。更夜深、细听空阶雨滴，梦回无据。

　　正是秋来寂寞，偏声声点点，助人离绪。缬被⑤初寒，宿酒全醒，搅碎乱蛩双杵。西风落尽庭梧叶，还剩得、绿阴如许。想玉人、和露折来，曾写断肠句。

【注释】

　　①离披：分散下垂貌，纷纷下落貌。《楚辞·九辩》："白露既下百草兮，奄离披此梧楸。"

　　②春慵：五代刘兼《昼寝》诗："花落青苔锦数重，书淫不觉避春慵。"

　　③金缕：指金丝制成的穗状物。

　　④芳心：指女子的心境。

　　⑤缬被：染有彩色花纹的丝被。

潇湘雨　送西溟①归慈溪②
（按：此调谱律不载，疑亦自度曲）

长安一夜雨，便添了、几分秋色。奈此际萧条，无端又听、渭城③风笛④。咫尺层城⑤留不住，久相忘⑥、到此偏相忆。依依白露丹枫，渐行渐远，天涯南北。

凄寂。黔娄⑦当日事，总名士、如何消得？只皂帽⑧蹇驴⑨，西风残照，倦游踪迹。廿载江南犹落拓⑩，叹一人、知己终难觅。君须爱酒能诗，鉴湖⑪无恙，一蓑一笠。

【注释】

①西溟：姜宸英，号湛园，又号苇间，浙江慈溪人。康熙三十六年探花，授编修，年已七十。初以布衣荐修明史，与朱彝尊、严绳孙合称"三布衣"。

②慈溪：隶属浙江，因治南有溪，东汉董黯"母慈子孝"传说而得名。

③渭城：地名，本秦都咸阳，汉高祖元年改名新城，后废。武帝元鼎三年复置，改名渭城，治所在今陕西咸阳东北二十里。唐王维《送元二使安西》："渭城朝雨浥轻尘，客舍青青柳色新。劝君更进一杯酒，西出阳关无故人。"此诗又称《渭城曲》，后人以之代作送客、离别。

④风笛：管乐器，笛子的一种。

⑤层城：古代神话中昆仑山上的高城，后指重城、高城。

⑥相忘：相忘鳞。《庄子·大宗师》："泉涸，鱼相与处于陆，相呴以湿，相濡以沫，不如相忘于江湖。"后以"相忘鳞"喻优游自得者。

⑦黔娄：人名。隐士，不肯出仕，家贫，死时衾不蔽体。汉刘向《列女传·鲁黔娄妻》载黔娄为春秋时鲁人。《汉书·艺文志》、晋皇甫谧《高士传·黔娄先生》则说是齐人。

⑧皂帽：黑色帽子。

⑨蹇驴：跛脚驽弱的驴子。

⑩落拓：贫困失意。

⑪鉴湖：湖名，即镜湖，又称长湖、庆湖。在浙江绍兴城西南二公里，为绍兴名胜之一。西溟之故里慈溪在绍兴东北，故云。

风流子　秋郊即事

平原草枯矣，重阳后，黄叶树骚骚①。记玉勒②青丝③，落花时节，曾逢拾翠，忽听吹箫。今来是、烧痕残碧尽，霜影乱红凋。秋水映空，寒烟如织，皂雕④飞处，天惨云高。

人生须行乐，君知否，容易两鬓萧萧⑤。自与东君作别，划地⑥无聊。算功名何许，此身博得，短衣⑦射虎⑧，沽⑨酒西郊。便向夕阳影里，倚马挥毫⑩。

【注释】

①骚骚：形容大风的声音。

②玉勒：玉饰的马衔。

③青丝：青色的丝绳，指马缰绳。

④皂雕：一种黑色大型猛禽。

⑤萧萧：花白稀疏的样子。

⑥划地：照样，依旧。

⑦短衣：带短下摆或短后摆的紧身上衣，指打猎的装束。

⑧射虎：指汉李广和三国吴孙权射虎的故事，诗文中常用以形容英雄豪气。

⑨沽：买。

⑩挥毫：写毛笔字或作画。

卷　五

金缕曲　赠梁汾①

德②也狂生耳。偶然间、淄尘京国③，乌衣门第④。有酒惟浇赵州土⑤，谁会成生⑥此意。不信道、遂成知己。青眼⑦高歌俱未老，向樽前、拭尽英雄泪。君不见，月如水。

共君此夜须沉醉。且由他、蛾眉谣诼⑧，古今同忌。身世悠悠何足问，冷笑置之而已。寻思起、从头翻悔⑨。一日心期千劫⑩在，后身缘、恐结他生里。然诺⑪重，君须记。

【注释】

①梁汾：顾贞观。

②德：诗人自指。

③京国：京城，国都。

④乌衣门第：指世家望族。

⑤赵州土：平原君好养士，死后虽未葬赵州，但他是赵国公子，又是赵相，故称他的墓为"赵州土"。

⑥成生：纳兰性德自指，纳兰原名成德，故云。

⑦青眼：黑色的眼珠在眼眶中间，青眼看人则是表示对人的喜

爱或重视、尊重。相传晋阮籍为人能作青白眼，见愚俗之人为白眼，见高人雅士、与己意气相投者则为青眼。

⑧谣诼：造谣诽谤。

⑨翻悔：对先前允诺的事情后悔而拒绝承认。

⑩千劫：佛教语，指旷远的时间与无数的生灭成败，现多指无数灾难。

⑪然诺：允诺，答应。

金缕曲
再赠梁汾，用秋水轩①旧韵

酒涴②青衫卷。尽从前、风流京兆③，闲情未遣。江左④知名今廿载，枯树⑤泪痕休泫⑥。摇落尽、玉蛾⑦金茧⑧。多少殷勤红叶句，御沟⑨深、不似天河浅。空省识，画图展。

高才自古难通显。枉教他、堵墙⑩落笔，凌云⑪书扁。入洛⑫游梁⑬重到处，骇看村庄吠犬。独憔悴、斯人不免。衮衮门前题凤⑭客，竟居然、润色朝家典⑮。凭触忌，舌难剪。

【注释】

①秋水轩：明末清初孙承泽之别墅，位于都城西南隅。

②涴（wò）：污染。

③京兆：指京师所在地区，这里指北京。

④江左：古时在地理上以东为左，江左也叫"江东"，指长江下

游南岸地区，也指东晋、宋、齐、梁、陈各朝统治的全部地区。梁汾为江苏无锡人，故云。

⑤枯树：凋枯之树，这里指南北朝庾信之《枯树赋》。

⑥泫（xuàn）：流泪。

⑦玉蛾：白色飞蛾，喻雪花。元薛昂夫《端正好·高隐》套曲："须臾云汉飘白蕊，咫尺空中舞玉蛾。"

⑧金茧：金黄色的蚕茧，比喻灯火，清陈维崧《瑞鹤仙·上元和康伯可韵》词："看火蛾金茧，春城飞遍。"

⑨御沟：流经宫苑的河道。

⑩堵墙：唐杜甫《莫相疑行》："忆献三赋蓬莱宫，自怪一日声辉赫。集贤学士如堵墙，观我落笔中书堂。"此谓围观者密集众多，排列如墙，后多用以为典实。

⑪凌云：唐杜甫《戏为六绝句》之一："庾信文章老更成，凌云健笔意纵横。"本为赞扬庾信笔势超俗，才思纵横出奇，后遂以"凌云笔"泛指为文作诗的高超才华。

⑫入洛：用陆机、陆云兄弟入洛的典故。陆氏二人于晋太康末自吴入洛，后得以发迹，但最终被谗遇害，见《晋书·陆机传》。

⑬游梁：典出《史记·司马相如列传》："（司马相如）以赀为郎，事孝景帝，为武骑常侍，非其好也。会景帝不好辞赋，是时梁孝王来朝，从游说之士齐人邹阳、淮阴枚乘、吴庄忌夫子之徒，相如见而说之，因病免，客游梁。"后以"游梁"谓仕途不得志。

⑭题凤：南朝宋刘义庆《世说新语·简傲》："嵇康与吕安善，每一相思，千里命驾。安后来，值康不在。喜（康兄）出户延之，不入。题门上作'凤'字而去。喜不觉，犹以为欣故作。'凤'字，凡鸟也。"后因以"题凤"为访友的典故。

⑮朝家典：朝廷的典策。

　　愤世之情，竟毫无顾忌，慷慨直陈，而为友之真诚，尤可景仰。

——唐圭璋

金缕曲

　　生怕芳樽^①满。到更深、迷离醉影，残灯相伴。依旧回廊新月在，不定竹声撩乱。问愁与、春宵长短。人比疏花还寂寞，任红蕤、落尽应难管。向梦里，闻低唤。

　　此情拟倩东风浣。奈吹来、余香病酒，旋添一半。惜别江郎浑易瘦，更著轻寒轻暖。忆絮语、纵横茗碗。滴滴西窗红蜡泪，那时肠、早为而今断。任枕角^②，欹孤馆^③。

【注释】

　　①芳樽：精致的酒器，亦借指美酒。

　　②枕角：角制的或用角装饰的枕头。

　　③孤馆：孤寂的客舍，唐许浑《瓜州留别李诩》诗："孤馆宿时风带雨，远帆归处水连云。"

金缕曲
简^①梁汾，时方为吴汉槎作归计

　　洒尽无端泪。莫因他、琼楼寂寞，误来人世。信道

痴儿多厚福，谁遣偏生明慧^②。莫更著、浮名相累。仕宦何妨如断梗^③，只那将、声影供群吠^④。天欲问，且休矣。

情深我自判憔悴。转丁宁、香怜易爇，玉怜轻碎。羡杀软红尘^⑤里客，一味醉生梦死。歌与哭、任猜何意。绝塞生还吴季子^⑥，算眼前、此外皆闲事。知我者，梁汾耳。

【注释】

①简：简札，书信。

②明慧：聪明，聪慧。汉刘向《说苑·谈丛》："辩智明慧，不如遇世。"

③断梗：折断的桃梗，比喻漂泊不定。

④声影供群吠：语本汉王符《潜夫论·贤难》："谚曰：一犬吠形，百犬吠声。"后以"吠形吠声"比喻不察真伪，随声附和。形，或作"影"，故以"声影"谓没有根据的谣传。

⑤软红尘：飞扬的尘土，形容繁华热闹，亦指繁华热闹的地方。宋卢祖皋《鱼游春水》词："软红尘里鸣鞭镫，拾翠丛中勾伴侣。"

⑥吴季子：指顾贞观好友吴兆骞。

金缕曲　寄梁汾

木落吴江^①矣。正萧条、西风南雁^②，碧云千里。落魄江湖还载酒^③，一种悲凉滋味。重回首、莫弹酸泪。不是天公^④教弃置，是南华^⑤、误却方城尉^⑥。飘泊处，谁相慰？

　　别来我亦伤孤寄^⑦。更那堪、冰霜摧折，壮怀^⑧都废。天远难穷劳望眼，欲上高楼还已。君莫恨、埋愁无地。秋雨秋花关塞冷，且殷勤、好作加餐^⑨计。人岂得，长无谓^⑩。

【注释】

　　①吴江：吴淞江的别称，县名，属江苏省。梁汾要归于江南居苏州等地，故云木落吴江。

　　②南雁：南飞的大雁。

　　③落魄江湖还载酒：化用唐杜牧《遣怀》："落魄江湖载酒行，楚腰纤细掌中轻。"落魄，穷困失意，为生活所迫而到处流浪。

　　④天公：天，以天拟人，故称，此处指朝廷。

　　⑤南华：《南华经》之省称，即《庄子》。

　　⑥方城尉：指温庭筠，温庭筠曾为方城（今河南方城）尉，世称温方城。

　　⑦孤寄：独身寄居他乡。

　　⑧壮怀：豪壮的胸怀，唐韩愈《送石处士赴河阳幕》诗："风云入壮怀，泉石别幽耳。"

　　⑨加餐：慰劝之辞，谓多进饮食，保重身体。

　　⑩无谓：无所作为。谓，通"为"，作为。化用唐李商隐《无题》："人生岂得长无谓，怀古思乡共白头。"

金缕曲　亡妇忌日^①有感

此恨何时已。滴空阶、寒更^②雨歇，葬花天气^③。三载悠悠魂梦^④杳，是梦久应醒矣。料也觉、人间无味。不及夜台^⑤尘土隔，冷清清、一片埋愁地。钗钿约^⑥，竟抛弃。

重泉^⑦若有双鱼^⑧寄。好知他、年来苦乐，与谁相倚。我自中宵^⑨成转侧，忍听湘弦^⑩重理。待结个、他生知己。还怕两人俱薄命，再缘悭^⑪、剩月零风里。清泪尽，纸灰起。

【注释】

①这首词作于康熙十九年农历五月三十日，为卢氏故去三周年忌日。

②寒更：寒夜的更点，借指寒夜。

③葬花天气：农历五月下旬，正是落花时节。

④魂梦：梦，梦魂。

⑤夜台：坟墓，亦借指阴间。南朝梁沈约《伤美人赋》："曾未申其巧笑，忽沦躯于夜台。"

⑥钗钿约："金钗""钿合"，指夫妻的盟誓。白居易《长恨歌》："唯将旧物表深情，钿合金钗寄将去。钗留一股合一扇，钗擘黄金合分钿。但令心似金钿坚，天上人间会相见。"

⑦重泉：犹黄泉、九泉，旧指死者所归。

⑧双鱼：书信。

⑨中宵：中夜，半夜。

⑩湘弦：湘灵鼓瑟之弦。

⑪缘悭：缺少缘分。《儒林外史》第三十回："只为缘悭分浅，遇不着一个知己。"

【点评】

嘉庆年间词人杨芳灿在《纳兰词序》中说，其词"韵淡疑仙，思幽近鬼"，这阕词可谓是后一句范本。所谓"思幽"，实系词人将追求与失落相交融而又毫不涂饰地痛楚抽理。

——严迪昌

金缕曲　再用秋水轩旧韵

疏影临书卷。带霜华、高高下下，粉脂都遣。别是幽情嫌妖媚，红烛啼痕①休泫②。趁皓月、光浮冰茧③。恰与花神④供写照⑤，任泼来、淡墨无深浅。持素障，夜中展。

残釭⑥掩过看逾显。相对处、芙蓉玉绽，鹤翎⑦银扁。但得白衣⑧时慰藉，一任浮云苍犬⑨。尘土⑩隔、软红偷免。帘幕西风人不寐，恁⑪清光⑫、肯惜鹔鹴⑬典⑭。休便把，落英剪。

【注释】

①啼痕：泪痕。

②泫：下滴貌。

③冰茧：冰蚕所结的茧，为普通蚕茧的美称。这里指蚕茧纸，用蚕茧壳制成的纸，取其洁白缜密。

④花神：指花的精神、神韵。

⑤写照：描写刻画，犹映照。

⑥残釭（gāng）：油尽将熄的灯。

⑦鹤翎：鹤的羽毛，喻指白色的花瓣。

⑧白衣：白色衣服，指白色花朵。

⑨浮云苍犬：白云苍犬，白衣苍狗，喻事物变幻无常。宋杨万里《送乡人余文明，劝之以归》诗："苍狗白衣俱昨梦，长庚孤月自青天。"

⑩尘土：尘世或庸俗肮脏之世事。

⑪恁：如此，这样。

⑫清光：清亮的光辉，多指月光。

⑬鹴（shuāng）裘：用珍贵的雁毛编织而成的皮衣。

⑭典：典当。

河渎神

凉月①转雕阑②，萧萧木叶声干③。银灯飘落琐窗闲，枕屏④几叠秋山。

朔风⑤吹透青缣⑥被，药炉火暖初沸。清漏⑦沉沉无寐，为伊判得憔悴。

【注释】

①凉月：秋月。

②雕阑：雕栏，华美的栏杆。

③干（gān）：形容声音清脆响亮。唐岑参《虢州西亭陪端公宴集》："开瓶酒色嫩，踏地叶声乾。"

④枕屏：枕前的屏风。

⑤朔风：北风。

⑥青缣（jiān）：青色织绢。

⑦清漏：清晰的滴漏声。唐王昌龄《长信秋词》："熏笼玉枕无颜色，卧听南宫清漏长。"

【点评】

化用前人诗词成句颇为得法，似乎招之即来，挥之即去，能任意取以表达自己的思想感情，而不露明显的斧凿痕。

——盛冬铃

浣溪沙

身向云山①那畔②行，北风吹断③马嘶声。深秋远塞④若为⑤情。

一抹晚烟荒⑥戍垒⑦，半竿斜日旧关城。古今幽恨⑧几时平。

【注释】

①云山：高耸入云之山。

②那畔：那边。

③北风吹断马嘶声：谓北风的吼声使马嘶声也听不到了。

④远塞：边塞。

⑤若为：怎为之意。

⑥荒：荒凉萧瑟。

⑦戍垒：营垒。戍，保卫。

⑧幽恨：深藏于心中的怨恨。

【点评】

　　这首词抒发了奉使出塞的凄惘之情。全篇除结句外皆出之以景语，描绘了深秋远寒，荒烟落照的凄凉之景，而景中又无处不含悠悠苍凉的今昔之感，可谓景情交练。最后"古今幽恨几时平"则点明主旨。

——张秉戍

浣溪沙

　　万里阴山①万里沙，谁将绿鬓②斗③霜华④。年来强半⑤在天涯。

　　魂梦不离金屈戌，画图亲展玉鸦叉⑥。生怜⑦瘦减一分花。

【注释】

　　①阴山：山脉名。即今横亘于内蒙古自治区南境、东北接连内兴安岭的阴山山脉。山间缺口自古为南北交通要道。

②绿鬓:乌黑发亮的头发。

③斗:斗取,即对着。

④霜华:喻指白色须发。

⑤强半:大半,过半。

⑥玉鸦叉:玉丫叉,一种首饰,像树杈那样交叉的首饰。这里指闺人的容貌。

⑦生怜:产生怜爱之情,可怜。

浣溪沙　庚申除夜①

收取闲心②冷处浓,舞裙犹忆柘枝③红。谁家刻烛④待春风。

竹叶⑤樽空翻彩燕⑥,九枝灯⑦炧颤金虫⑧。风流端合⑨倚天公⑩。

【注释】

①庚申除夜:康熙十九年除夕。

②收取闲心:谓约束心思。

③柘枝:柘枝舞。柘枝舞是西北少数民族的民间舞,伴奏音乐以鼓为主,间有歌唱,舞姿美妙、表情动人。此舞唐时由西域传入内地。

④刻烛:在蜡烛上刻度数,点燃时以计时间。

⑤竹叶:酒名,即竹叶青,亦泛指美酒。

⑥彩燕:旧俗,立春日剪彩绸为燕饰于头部。

⑦九枝灯:古灯名,一干九枝的烛灯。

⑧金虫：比喻灯花。

⑨端合：应当，应该。

⑩倚天公：依靠老天爷。

浣溪沙

凤髻①抛残秋草生，高梧湿月②冷无声。当时七夕记深盟。

信得羽衣③传钿合，悔教罗袜葬倾城④。人间空唱雨淋铃。

【注释】

①凤髻：古代女子的一种发型，将头发绾结梳成凤形，或在髻上饰以金凤，流行于唐代。此处指亡妻。

②湿月：湿润之月。形容月光如水般湿润。

③羽衣：原指以羽毛织成的衣服，后常称道士或神仙所着衣为羽衣，此处借指道士或神仙。

④倾城：旧以形容女子极其美丽，是美女的代称，此处指亡妻。

浣溪沙

肠断班骓①去未还，绣屏深锁凤箫②寒。一春幽梦有无间。

逗雨疏花浓淡③改，关心芳草浅深难。不成④风月⑤转摧残。

①班骓(zhuī)：斑骓。此处以骏马代指征人。班，通"斑"。

②凤箫：排箫。比竹为之，参差如凤翼，故名。

③浓淡：指花的颜色。

④不成：犹难道。

⑤风月：风和月，泛指景色，亦指男女恋爱的事情。

浣溪沙

旋拂轻容①写洛神②，须知浅笑是深颦。十分天与可怜春。

掩抑薄寒施软障③，抱持纤影④藉芳茵⑤。未能无意下香尘⑥。

【注释】

①轻容：一种无花薄纱。宋周密《齐东野语》卷十："纱之至轻者，有所谓轻容，出唐《类苑》云：'轻容，无花薄纱也。'"王建《宫词》："嫌罗不着爱轻容。"

②洛神：中国神话人物，即洛水的女神洛嫔，相传她是宓羲的女儿，故称宓妃。溺死于洛水，成为洛水之神。

③软障：幛子，古代用作画轴。

④纤影：清瘦的身影。

⑤芳茵：茂美的草地。

⑥香尘：这里指人间。语出晋王嘉《拾遗记·晋时事》："（石崇）又屑沉水之香如尘末，布象床上，使所爱者践之。"

浣溪沙

十二红帘^①窣^②地深，才移刬袜^③又沉吟^④。晚晴天气惜轻阴。

珠袦^⑤佩囊^⑥三合字^⑦，宝钗^⑧拢鬓两分心。定缘何事湿兰襟^⑨。

【注释】

①十二红帘：绣有十二红的帘幕。十二红，鸟的一种，尾羽末端红色，故名。

②窣（sū）：下垂貌。

③刬袜：只穿着袜子着地。

④沉吟：犹豫，迟疑。

⑤珠袦（jié）：缀珠的裙带。

⑥佩囊：随身系带的用以放零星物品的小口袋。

⑦三合字：古代阴阳家以十二地支配金、木、水、火，取生、旺、墓三者以合局，谓之"三合"，据以选择吉日良辰。

⑧宝钗：首饰名，用金银珠宝制作的双股簪子。

⑨兰襟：带有兰花芬芳香气的衣襟。

浣溪沙

容易浓香近画屏，繁枝影著半窗横。风波狭路倍怜卿。

未接语言犹怅望，才通商略^①已懵腾^②。只嫌今夜月偏明。

【注释】

①商略：原为商讨之意，此处指交谈。

②懵腾：形容模糊，神志不清。

浣溪沙

十八年来堕世间，吹花嚼蕊^①弄^②冰弦^③。多情情寄阿谁^④边。

紫玉钗斜灯影背，红绵粉冷枕函偏。相看好处却无言。

【注释】

①吹花嚼蕊：谓吹奏、歌唱，引申指反复推敲声律、辞藻。

②弄：指吹弹乐器。

③冰弦：冰弦玉柱，筝瑟之类乐器的美称。

④阿谁：谁，这里指自己。

【点评】

《饮水词》有云"吹花嚼蕊弄冰弦"，又云"乌丝阑纸娇红篆"。容若短调，轻清婉丽，诚如其自道所云。

——况周颐

浣溪沙

欲寄愁心朔雁①边，西风浊酒②惨离颜。黄花时节碧云天。

古戍烽烟迷斥堠③，夕阳村落解鞍鞯④。不知征战几人还。

【注释】

①朔雁：指北地南飞之雁。

②浊酒：用糯米、黄米等酿制的酒，较浑浊。

③斥堠：斥堠亦称斥候，是中国古代对侦察兵的称呼，多为轻骑兵。

④鞍鞯：马鞍子和垫在马鞍子下面的东西。

浣溪沙

败叶填溪水已冰，夕阳犹照短长亭①。何年废寺失题名。

倚马②客临碑上字，斗鸡③人拨佛前灯。净消尘土礼金经④。

【注释】

①短长亭：短亭和长亭的并称。

②倚马：靠在马身上。南朝宋刘义庆《世说新语·文学》："桓宣

武北征，袁虎时从，被责免官。会须露布文，唤袁倚马前令作。手不辍笔，俄得七纸，殊可观。"后人多据此典以"倚马"形容才思敏捷。

③斗鸡：使公鸡相斗的一种游戏，多用来指纨绔子弟游手好闲，不务正业。

④金经：指佛道经籍。

【点评】

唯结句点明虔敬之意，同时也透露了不胜苍凉的悲感。

——张秉戍

沁园春

试望阴山^①，黯然销魂，无言徘徊。见青峰几簇，去天才尺；黄沙一片，匝地^②无埃。碎叶城^③荒，拂云堆^④远，雕外寒烟惨不开。踟蹰久，忽砯^⑤崖转石，万壑惊雷。

穷边自足秋怀。又何必、平生多恨哉？只凄凉绝塞，蛾眉遗冢^⑥；销沉腐草，骏骨^⑦空台。北转河流，南横斗柄^⑧，略点微霜鬓早衰。君不信，向西风回首，百事堪哀。

【注释】

①阴山：内蒙古自治区中部山脉。东西走向，包括狼山、乌拉山、色尔腾山、大青山等。

②匝地：满地，遍地。

③碎叶城：高宗调露元年置，属条支都督府，在今吉尔吉斯斯坦首都比什凯克以东的托克马克市附近，它与龟兹、疏勒、于田并称为唐代"安西四镇"。

④拂云堆：古地名，在今内蒙古包头西北，唐时朔方军北与突厥以河为界，河北岸有拂云堆神祠，突厥如用兵必先往祠祭酹求福，张仁愿既定漠北，于河北筑中、东、西三受降城以固守，中受降城即在拂云堆，故拂云堆又为中受降城的别称。

⑤砯（pīng）：水击岩石的声音。

⑥蛾眉遗冢：指古代和亲女子之墓。此处用王昭君出塞的典故。《汉书·匈奴传下》："元帝以后宫良家子王嫱字昭君赐单于。"王昭君墓在今内蒙古自治区呼和浩特南。传说当地多白草而此冢独青，人称"青冢"。

⑦骏骨：据《战国策·燕策一》载郭隗用买马作喻，说古代有用五百金买千里马骨，因而在一年内就得到三匹千里马的，劝燕昭王厚币以招贤，后遂以"骏骨"喻杰出的人才。

⑧斗柄：构成北斗柄部的三颗星。

沁园春

丁巳重阳前三日①，梦亡妇淡妆素服，执手哽咽，语多不复能记。但临别有云："衔恨愿为天上月，年年犹得向郎圆。"妇素未工诗，不知何以得此也，觉后感赋

瞬息浮生，薄命如斯，低徊②怎忘。记绣榻闲时，并吹红雨；雕阑曲处，同倚斜阳。梦好难留，诗残莫

读，赢得更深哭一场。遗容在，只灵飙^③一转，未许端详。

重寻碧落^④茫茫。料短发、朝来定有霜。便人间天上，尘缘未断；春花秋叶，触绪还伤。欲结绸缪^⑤，翻惊摇落^⑥，减尽荀衣^⑦昨日香。真无奈，倩声声邻笛，谱出回肠。

【注释】

①丁巳重阳前三日：指康熙十六年农历九月初六日，即重阳节前三日。此时纳兰性德爱妻已病逝三个多月。

②低徊：形容萦绕回荡。

③灵飙：灵风，神风，指梦中爱妻飘飞的身影。

④碧落：天空。语出唐白居易《长恨歌》："上穷碧落下黄泉，两处茫茫皆不见。"

⑤绸缪：紧密缠缚，缠绵，情意深厚，这里指夫妻恩爱。

⑥摇落：原指木叶凋落，此处是亡逝之意。

⑦荀衣：此处用以自喻，谓其形容憔悴，丰神不再。

【点评】

词的上片以低婉的叹息起笔，既是叹息亡妻早逝命薄，也是哀叹自己的薄命。接下去写往日的夫妻恩爱情景，反衬出今日永别的苦情，梦醒后的凄清难禁。……下片进一步刻画苦苦追寻亡妻的踪影和追寻而不可得的沉痛心情。这里用料想之情景表达了对亡妻的爱怜和深深的怀念。结处又以幻境谱叙衷肠。全篇屈曲跌宕，一波三折，低回深婉，哀怨动人。

——张秉戌

沁园春

梦冷蘅芜①，却望姗姗②，是耶非耶？怅兰膏③渍粉④，尚留犀合；金泥⑤蹙绣⑥，空掩蝉纱。影弱难持，缘深暂隔，只当离愁滞海涯。归来也，趁星前月底，魂在梨花。

鸾胶⑦纵续琵琶。问可及、当年萼绿华⑧？但无端摧折，恶经风浪；不如零落，判委尘沙⑨。最忆相看，娇讹道字⑩，手剪银灯自泼茶。今已矣，便帐中重见，那似伊家。

【注释】

①蘅芜：香草名。晋王嘉《拾遗记·前汉上》："（汉武）帝息于延凉室，卧梦李夫人授帝蘅芜之香。帝惊起，而香气犹着衣枕，历月不歇。"唐徐夤《梦》诗："文通毫管醒来异，武帝蘅芜觉后香。"

②姗姗：走路从容，不紧不慢的样子。

③兰膏：一种润发的香油。

④渍粉：残存的香粉。

⑤金泥：用以饰物的金屑。

⑥蹙（cù）绣：蹙金，一种刺绣方法，用金线绣花而皱缩其线纹使其紧密而匀贴，亦指这种刺绣工艺品。

⑦鸾胶：相传以凤凰嘴和麒麟角煎成的胶，可黏合弓弩拉断了的弦，俗称丧妻男子再婚。

⑧萼绿华：传说中的仙女名。自言是九疑山中得道女子罗郁。晋

穆帝时，夜降羊权家，赠权诗一篇，火浣布手巾一方，金玉条脱各一枚。见南朝梁陶弘景《真诰·运象》。李商隐《重过圣女祠》："萼绿华来无定所，杜兰香去未移时。"

⑨尘沙：尘世。

⑩道字：一种将字拆开的文字游戏。

摸鱼儿　送别德清蔡夫子①

问人生、头白京国②，算来何事消得。不如罨画③清溪上，蓑笠扁舟一只。人不识。且笑煮鲈鱼④，趁着莼丝碧。无端酸鼻。向岐路销魂，征轮⑤驿骑⑥，断雁西风急。

英雄辈，事业东西南北。临风因甚成泣？酬知有愿频挥手，零雨⑦凄其此日。休太息。须信道、诸公衮衮皆虚掷⑧。年来踪迹。有多少雄心，几番恶梦，泪点霜华织。

【注释】

①蔡夫子：蔡启僔，字石公，号昆旸，德清人，康熙庚戌一甲一名进士及第，授修撰，历官左春坊左庶子，有《存园草》。

②京国：京城，国都。

③罨（yǎn）画：明杨慎《丹铅总录·订讹·罨画》："画家有罨画杂彩色画也。"

④鲈鱼：用南朝张季鹰的典故。刘义庆《世说新语·识鉴》谓："张季鹰辟齐王东曹掾，在洛，见秋风起，因思吴中莼菜羹、鲈鱼

脍，曰：'人生贵得适意尔，何能羁宦数千里以要名爵？'遂命驾便归。俄而齐王败，时人皆谓为见机。"后以此为思乡赋归之典。

⑤征轮：远行人乘的车。

⑥驿骑：骑驿马传递公文的人，或指驿马。

⑦零雨：慢而细的小雨。《诗经·豳风·东山》："我来自东，零雨其濛。"

⑧虚掷：白白地丢弃、扔掉。

青衫湿遍　悼亡
（按：此调谱律不载，疑亦自度曲）

青衫湿遍，凭伊慰我，忍便相忘。半月前头扶病[1]，剪刀声、犹在银釭[2]。忆生来、小胆怯空房。到而今、独伴梨花影，冷冥冥、尽意凄凉。愿指魂兮识路，教寻梦也回廊。

咫尺玉钩斜[3]路，一般消受，蔓草[4]残阳。判把长眠滴醒，和清泪[5]、搅入椒浆[6]。怕幽泉[7]、还为我神伤。道书生、薄命宜将息，再休耽、怨粉愁香。料得重圆密誓，难禁寸裂[8]柔肠。

【注释】

①扶病：带病行动。

②银釭：银白色的灯盏、烛台。

③玉钩斜：古代著名游宴地。在江苏江都，相传为隋炀帝葬官人处，后泛指葬官人处。

④蔓草：爬蔓的草。

⑤清泪：眼泪，宋曾巩《秋夜》诗："清泪昏我眼，沉忧回我肠。"

⑥椒浆：以椒浸制的酒浆，古代多用以祭神。《楚辞·九歌·东皇太一》："蕙肴蒸兮兰藉，奠桂酒兮椒浆。"

⑦幽泉：指阴间地府，借指死者。

⑧寸裂：碎裂。

【点评】

令人不忍卒读。

——顾贞观

忆桃源慢

斜倚熏笼①，隔帘寒彻，彻夜寒于水。离魂②何处，一片月明千里。两地凄凉多少恨，分付药炉烟细。近来情绪，非关病酒，如何拥鼻③长如醉。转寻思、不如睡也，看道夜深怎睡？

几年消息浮沉，把朱颜、顿成憔悴。纸窗④风裂，寒到个人衾被。篆字香消灯灺⑤冷，忽听塞鸿嘹唳。加餐千万，寄声珍重，而今始会当时意。早催人、一更更漏，残雪月华满地。

【注释】

①熏笼：一种覆盖于火炉上供熏香、烘物和取暖用的器物。

②离魂：指远游他乡的旅人或游子的思绪。

③拥鼻：掩鼻吟的省称。《晋书·谢安传》："安本能为洛下书生咏，有鼻疾，故其音浊，名流爱其咏而弗能及，或手掩鼻以效之。"后以此指雅音曼声吟咏。

④纸窗：糊纸的窗户。

⑤灯烬：谓灯烛将熄，灯烛余烬。

湘灵鼓瑟

（按：此调谱律不载，疑亦自度曲。一本作剪梧桐）

新睡觉，听漏尽、乌啼欲晓。任百种思量，都来拥枕，薄衾颠倒。土木形骸①，分甘抛掷，只平白、占伊怀抱。听萧萧②、一剪梧桐③，此日秋声④重到。

若不是忧能伤人，怎青镜⑤、朱颜易老。忆少日清狂⑥，花间马上，软风斜照。端的而今，误因疏起⑦，却懊恼、殢人年少。料应他、此际闲眠，一样积愁难扫。

【注释】

①土木形骸：形体像土木一样自然，比喻人不加修饰的本来面目。南朝宋刘义庆《世说新语·容止》："刘伶身长六尺，貌甚丑悴，而悠悠忽忽，土木形骸。"

②萧萧：风声。

③一剪梧桐：谓梧桐叶被秋风吹落。

④秋声：秋日的风光景色。

⑤青镜：青铜镜。唐李峤《梅》诗："妆面回青镜，歌尘起画梁。"

⑥清狂：放逸不羁。晋左思《魏都赋》："仆党清狂，怵迫闽濮。"

⑦疏起：疏懒而贪睡。

大酺　寄梁汾

　　只一炉烟，一窗月，断送朱颜如许。韶光犹在眼，怪无端吹上，几分尘土。手捻残枝，沉吟往事，浑似前生无据①。鳞鸿②凭谁寄，想天涯只影，凄风苦雨。便研损③吴绫，啼沾蜀纸④，有谁同赋。

　　当时不是错，好花月、合受天公妒。准拟倩、春归燕子，说与从头，争教他、会人言语。万一离魂遇，偏梦被、冷香萦住。刚听得、城头鼓⑤。相思何益？待把来生祝取，慧业⑥相同一处。

【注释】

　　①无据：没有依据或证据。

　　②鳞鸿：鱼雁，指书信。

　　③研（yà）损：指反复书写，致使吴绫也被碾压得光亮。研，碾压。

　　④蜀纸：犹蜀笺。唐李肇《唐国史补》："纸则有越之剡藤、苔笺，蜀之麻面、屑末、滑石、金花、长麻、鱼子、十色笺。"

　　⑤城头鼓：战时城上传令的鼓声或报更的鼓声。

　　⑥慧业：佛语，谓来生赋有智慧的业缘，《维摩诘经上·菩萨品四》："知一切法，不取不舍，入一相门，起于慧业。"

菩萨蛮

问君何事轻离别，一年能几团圆月。杨柳乍如丝，故园春尽时。

春归归不得，两桨松花①隔。旧事逐寒潮，啼鹃②恨未消。

【注释】

①松花：指松花江，黑龙江最大支流。

②啼鹃：子规鸟，又名杜鹃，身体黑灰色，尾巴有白色斑点，腹部有黑色横纹。初夏时常昼夜不停地叫。此鸟"规"字与"归"谐音，故后人以此鸟鸣作为思归之声，表达思归之意。

菩萨蛮　宿滦河①

玉绳②斜转疑清晓，凄凄月白③渔阳④道。星影漾寒沙，微茫织浪花。

金笳鸣故垒⑤，唤起人难睡。无数紫鸳鸯，共嫌今夜凉。

【注释】

①滦河：古濡水，俗名上都河，在今河北东北部。源于闪电河，自内蒙古多伦县南，折而东南流，入热河境，会小滦河，始名滦河，在乐亭、昌黎之间入渤海。

②玉绳：此处指北斗星。

③月白：皎洁的月光。

④渔阳：地名，战国燕置渔阳郡，秦汉治所在渔阳（今北京密云西南）。

⑤故垒：古代的堡垒。

菩萨蛮

荒鸡再咽天难晓，星榆①落尽秋将老。毡幕②绕牛羊，敲冰饮酪浆③。

山程兼水宿，漏点清钲④续。正是梦回时，拥衾无限思。

【注释】

①星榆：白榆树。

②毡幕：毡帐。

③酪浆：牛羊等动物的乳汁。这里指酒。

④钲：古代行军或歌舞时用以指挥进退、动静的乐器。

菩萨蛮

白日惊飙①冬已半，解鞍②正值昏鸦③乱。冰合④大河流，茫茫一片愁。

烧痕空极望，鼓角⑤高城上。明日近长安⑥，客心愁未阑。

【注释】

①惊飙：突发的暴风，狂风。

②解鞍：解下马鞍，表示停驻。

③昏鸦：黄昏时乱飞的乌鸦。

④冰合：冰封。

⑤鼓角：古代军队中用来发出号令的战鼓和号角。

⑥长安：古都城名，即今西安城。唐以后诗文中常将其当作都城的通称。此处借指北京城。

菩萨蛮

榛荆①满眼山城②路，征鸿不为愁人住。何处是长安，湿云吹雨寒。

丝丝心欲碎，应是悲秋泪。泪向客中多，归时又奈何。

【注释】

①榛荆：犹荆棘，形容荒芜。

②山城：依山而筑的城市。

菩萨蛮

黄云①紫塞②三千里，女墙西畔啼乌起。落日万山寒，萧萧猎马还。

笳声③听不得，入夜空城黑。秋梦不归家，残灯落碎花④。

【注释】

①黄云：边塞之云，塞外沙漠地区黄沙飞扬，天空常呈黄色，故称。

②紫塞：指北方边塞。

③笳声：胡笳吹奏的曲调，亦指边地之声。

④碎花：喻指灯花。

菩萨蛮

萧萧几叶风兼雨，离人偏识长更苦。欹枕数秋天，蟾蜍①下早弦②。

夜寒惊被薄，泪与灯花落。无处不伤心，轻尘在玉琴③。

【注释】

①蟾蜍：指月亮。《后汉书·天文志上》"言其时星辰之变"，南朝梁刘昭注："羿请无死之药于西王母，姮娥窃以奔月……姮娥遂托身于月，是为蟾蜍。"后用为月亮的代称。

②早弦：上弦月。

③玉琴：玉饰的琴，亦为琴的美称。

【点评】

通篇用白描的写法，但愁人苦夜长，相思不已，无处不伤心的苦况、氛围却刻画得尽致淋漓。

——张秉戍

菩萨蛮

为春憔悴留春住，那禁半霎①催归雨。深巷卖樱桃，雨余红更娇。

黄昏清泪阁②，忍便花飘泊。消得一声莺，东风三月情③。

【注释】

①半霎：极短的时间。

②阁：含着。

③三月情：暮春之伤情。

【点评】

残唐五代以来，多数词家认定"词为艳科"，所作多涉闺情春怨，而此类作品又往往假托女子口吻，这可以说成了一种传统。容若这首《菩萨蛮》是伤春之词，细读词意，亦当是"男子而作闺语"。而其"消得一声莺，东风三月情""深巷卖樱桃，雨余红更娇"云云，写得绘声绘色，独树一帜，当然是楚楚动人。

——盛冬铃

菩萨蛮

晶帘①一片伤心白，云鬟香雾②成遥隔。无语问添衣，桐阴月已西。

西风鸣络纬③，不许愁人睡。只是去年秋，如何泪欲流。

【注释】

①晶帘：水晶帘子。形容其华美透亮。

②云鬟香雾：形容女子头发秀美。

③络纬：虫名。即莎鸡，俗称络丝娘、纺织娘。夏秋夜间振羽作声，声如纺线，故名。

菩萨蛮

乌丝画作回文纸，香煤①暗蚀②藏头字③。筝雁④十三双，输他⑤作一行。

相看仍似客，但道休相忆。索性不还家，落残红杏花。

【注释】

①香煤：古代妇女用以画眉的化妆品，或指香烟。

②暗蚀：暗中损伤，谓香烟渐渐散去。

③藏头字：将所言之事分别藏在诗句的头一字。

④筝雁：筝柱。因筝柱斜列如雁行，故称。

⑤输他：犹言让他。

菩萨蛮

春云吹散湘帘雨，絮黏蝴蝶飞还住。人在玉楼^①中，楼高四面风。

柳烟^②丝一把，暝色^③笼鸳瓦。休近小阑干，夕阳无限山。

【注释】

①玉楼：指华丽的楼阁。

②柳烟：柳树枝叶茂密似笼烟雾，故称。

③暝色：暮色，夜色。

点绛唇　寄南海梁药亭^①

一帽征尘，留君不住从君去。片帆何处，南浦^②沈香^③雨。

回首风流，紫竹村边住。孤鸿语，三生定许，可是梁鸿^④侣？

【注释】

①梁药亭：梁佩兰，字芝五，号药亭，别号柴翁，晚更号郁洲。广东南海人。顺治十四年乡试第一，后屡试不第，即潜心治学，从事诗

歌写作，名噪一时。康熙四十二年被召回翰林院供职，因不识满文而罢。次年返乡，与屈大均、陈恭尹并称为"岭南三家"，有《六莹堂诗集》。

②南浦：南面的水边，后常用以称送别之地。《楚辞·九歌·河伯》："子交手兮东行，送美人兮南浦。"

③沈香：沈香浦，地名，在广州西郊的江滨。相传晋广州刺史吴隐之曾投沉香于其中，因而得名。

④梁鸿：指东汉梁鸿。东汉梁鸿家贫好学，不仕，与妻孟光隐居霸陵山中以耕织为业，后避祸去吴，居人庑下为人舂米，归家孟光为之备食，举案齐眉。世人传为佳话。后以"梁鸿"喻指丈夫，亦喻贤夫。

菩萨蛮　回文

客中愁损催寒夕，夕寒催损愁中客。门掩月黄昏，昏黄月掩门。

翠衾①孤拥醉，醉拥孤衾翠。醒莫更多情，情多更莫醒。

【注释】

①翠衾：翠被。

菩萨蛮 回文

研笺①银粉②残煤③画，画煤残粉银笺研。清夜一灯
明，明灯一夜清。

片花惊宿燕，燕宿惊花片。亲自梦归人，人归梦
自亲。

【注释】

①研笺：压印有图案的信笺。

②银粉：银色的粉末。

③煤：古代对墨的别称。

菩萨蛮

飘蓬①只逐惊飙转，行人过尽烟光远。立马认河
流，茂陵②风雨秋。

寂寥行殿③锁，梵呗琉璃火。塞雁④与宫鸦⑤，山深日
易斜。

【注释】

①飘蓬：随风飘荡的飞蓬，比喻漂泊或漂泊的人。

②茂陵：明宪宗朱见深的陵墓。在今北京昌平北天寿山。

③行殿：可以移动的宫殿，犹行宫，皇帝出行在外时所居住的
宫室。

④塞雁：塞鸿。

⑤宫鸦：栖息在宫苑中的乌鸦。唐王建《和胡将军寓直》："宫鸦栖定禁枪攒，楼殿深严月色寒。"

采桑子

那能寂寞芳菲节①，欲话生平。夜已三更，一阕②悲歌泪暗零。

须知秋叶春花促，点鬓星星③。遇酒须倾，莫问千秋万岁名。

【注释】

①芳菲节：花草香美的时节。

②一阕：一度乐终，亦谓一曲。宋欧阳修《晚泊岳阳》诗："一阕声长听不尽，轻舟短楫去如飞。"

③星星：形容白发星星点点地生出。

采桑子　九日

深秋绝塞①谁相忆，木叶萧萧。乡路②迢迢，六曲屏山③和梦遥。

佳时倍惜风光别，不为登高。只觉魂销，南雁归时更寂寥。

①绝塞：极远的边塞。

②乡路：指还乡之路。

③六曲屏山：曲折的屏风。

采桑子

海天谁放冰轮①满，惆怅离情。莫说离情，但值良宵②总泪零。

只应碧落③重相见，那是今生。可奈④今生，刚作愁时又忆卿。

【注释】

①冰轮：月亮，圆月。

②良宵：景色美好的夜晚。

③碧落：道教语，指青天、天空。

④可奈：怎奈，可恨。

采桑子

白衣裳凭朱阑①立，凉月②趁西③。点鬓霜微，岁晏④知君归不归？

残更目断传书雁，尺素还稀。一味相思，准拟相看似旧时。

【注释】

①朱阑:朱栏,朱红色的围栏。宋王安石《金山寺》诗:"摄身凌苍霞,同凭朱栏语。"

②凉月:秋月。

③趖(suō)西:向西落去。趖,走之意。

④岁晏:一年将尽的时候。唐白居易《观刈麦》诗:"吏禄三百石,岁晏有余粮。"

清平乐

麝烟①深漾,人拥缑笙氅②。新恨暗随新月长,不辨眉尖心上。

六花③斜扑疏帘,地衣红锦轻沾。记取暖香④如梦,耐他一晌⑤寒岩。

【注释】

①麝烟:焚麝香发出的烟。五代成彦雄《夕》诗:"台榭沉沉禁漏初,麝烟红蜡透虾须。"

②缑(gōu)笙氅(chǎng):犹如仙衣道服式的大氅。用王子乔于缑山乘鹤成仙的典故。汉刘向《列仙传·王子乔》:"王子乔者,周灵王太子晋也。好吹笙,作凤凰鸣。游伊洛之间,道士浮丘公接以上嵩高山。三十余年后,求之于山上,见桓良曰:'告我家,七月七日待我于缑氏山岭。'至时,果乘白鹤驻山头,望之不得到,举手谢时人,数日而去。"后因以为修道成仙之典。

③六花:雪花。雪花结晶六瓣,故名。

④暖香：带有温暖气息的香味。

⑤一晌：指短时间，南唐李煜《浪淘沙》词："梦里不知身是客，一晌贪欢。"

眼儿媚

　　林下闺房世罕俦，偕隐①足风流。今来忍②见，鹤孤③华表④，人远罗浮⑤。

　　中年定不禁哀乐，其奈忆曾游。浣花微雨，采菱斜日，欲去还留。

【注释】

①偕隐：一同隐居，诗词中多指夫妻同归故里。

②忍：通"认"，认识。

③鹤孤：孤独之意。鹤性孤高，故云。

④华表：指房屋外部的华美装饰。

⑤罗浮：罗浮山，在今广东省东江北岸。晋葛洪曾在此修道，又传说隋赵师雄在此山遇女郎。与之语，则芳香袭人，语言清丽，遂相饮竟醉，及觉，乃在大梅树下。后多以此典咏梅。这里则是借指往日荣华之事。

眼儿媚　中元夜有感

　　手写香台①金字经，惟愿结来生。莲花漏转，杨枝露滴，想鉴微诚。

欲知奉倩神伤极，凭诉②与秋檠③。西风不管，一池萍水，几点荷灯。

【注释】

①香台：烧香之台，佛殿的别称。

②凭诉：凭说，意为辨明之证据。

③秋檠：在秋日里拱手跪拜。

满宫花

盼天涯，芳讯①绝。莫是故情②全歇？朦胧寒月影微黄，情更薄于寒月。

麝烟销，兰烬③灭。多少怨眉愁睫。芙蓉④莲子待分明，莫向暗中磨折。

【注释】

①芳讯：嘉言，对亲友音信的美称。

②故情：旧情。唐王昌龄《李四仓曹宅夜饮》诗："霜天留饮故情欢，银烛金炉夜不寒。"

③兰烬：蜡烛的余烬，因状似兰心，故称。

④芙蓉：荷花。此句化用《乐府诗集·清商曲辞一·子夜夏歌·其八》"乘月采芙蓉，夜夜得莲子"之句。

鹧鸪天

谁道阴山行路难？风毛雨血①万人欢。松梢露点沾鹰绁，芦叶溪深没马鞍。

依树歇，映林看，黄羊②高宴③簇金盘。萧萧一夕霜风④紧，却拥貂裘怨早寒。

【注释】

①风毛雨血：指狩猎时禽兽毛血纷飞的情状。

②黄羊：因东汉阴识用黄羊祭祀灶神致富，后世即用以为典，表示祭灶的供品。

③高宴：盛大的宴会。

④霜风：刺骨寒风。

鹧鸪天

小构园林寂不哗，疏篱曲径仿山家①。昼长吟罢风流子②，忽听楸枰③响碧纱。

添竹石，伴烟霞，拟凭樽酒④慰年华。休嗟髀里今生肉⑤，努力春来自种花。

【注释】

①山家：山野人家。唐杜甫《从驿次草堂复至东屯茅屋》诗之二："山家蒸栗暖，野饭射麋新。"

②风流子：原唐教坊曲名，后用为词牌，分单调、双调两体。单调三十四字，仄韵。

③楸枰（qiū píng）：棋盘，古时多用楸木制作，故名。唐温庭筠《观棋》诗："闲对楸枰倾一壶，黄华枰上几成卢。"

④樽酒：犹杯酒。

⑤髀里今生肉：因久不骑马，大腿上的肉又长起来了。形容长久过着安逸的生活，无所作为。语出《三国志·蜀书·先主传》裴松之注引晋司马彪《九州春秋》："备曰：'吾常身不离鞍，髀肉皆消。今不复骑，髀里肉生。'"

南乡子

何处淬①吴钩②？一片城荒枕碧流③。曾是当年龙战地④，飕飕，塞草霜风满地秋。

霸业⑤等闲休。跃马横戈⑥总白头。莫把韶华轻换了，封侯⑦，多少英雄只废丘⑧。

【注释】

①淬：淬火。

②吴钩：兵器，形似剑而曲，春秋吴人善铸钩，故称，后也泛指利剑。

③碧流：绿水。

④龙战地：指古战场。龙战，本谓阴阳二气交战。《易经·坤卦》："龙战于野，其血玄黄。"后遂以喻群雄争夺天下。

⑤霸业：指称霸诸侯或维持霸权的大业。

⑥跃马横戈：谓手持武器，纵马驰骋。指在沙场作战。

⑦封侯：封拜侯爵，泛指显赫功名。

⑧废丘：荒废的土丘。清汤潜《广陵杨花篇》诗："风流千古隋天子，回首雷塘只废丘。"

鹊桥仙

月华如水，波纹似练，几簇淡烟衰柳。塞鸿①一夜尽南飞，谁与问倚楼人瘦？

韵拈风絮②，录成《金石》③，不是舞裙歌袖。从前负尽扫眉才④，又担阁⑤镜囊⑥重绣。

【注释】

①塞鸿：唐王仙客苍头塞鸿传情，因常以"塞鸿"指代信使。

②韵拈风絮：指谢道韫咏雪之典。

③《金石》：指《金石录》，宋赵明诚撰。赵明诚之妻李清照，号易安居士，宋代著名词人，对金石书画也有相当高的造诣，《金石录》一书，实际是夫妇二人的合著。

④扫眉才：指有文学才能的女子。

⑤担阁：耽搁，耽误。

⑥镜囊：盛镜子和其他梳妆用品的袋子。

补遗卷一

望江南 咏弦月

初八月^①，半镜上青霄^②。斜倚画阑娇不语，暗移梅影过红桥，裙带北风飘。

【注释】

　①初八月：上弦月。农历每月的初七或初八，月亮呈月牙形，其弧在右侧。

　②青霄：青天，高空。

鹧鸪天 离恨

背立盈盈故作羞，手挼^①梅蕊打肩头。欲将离恨寻郎说，待得郎来恨却休。

云淡淡，水悠悠，一声横笛^②锁空楼。何时共泛春溪月，断岸^③垂杨^④一叶舟。

【注释】

　①手挼（ruó）：用手揉弄。

　②横笛：笛子。即今七孔横吹之笛，与古笛之直吹者相对而言。

③断岸：江边绝壁。

④垂杨：垂柳，古诗文中杨柳常通用。

【点评】

性德词多用王彦泓诗中语，而每能化污为洁，转浊成清。其"手接梅蕊打肩头"，即自次回"大将瓜子到肩头"出，然一雅致，一俗恶；一写闺中静好，一状楼头倡女，情趣高下，了然可见。彦泓诗颇涉邪狎，境味尘下，少有佳章。余尝遍读其《疑雨》《疑云》，惟取其"阅世已知寒暖变，逢人真觉笑啼难"二句。

——赵秀亭

明月棹孤舟　海淀①

一片亭亭空凝伫。趁西风、霓裳遍舞。白鸟惊飞，菰蒲②叶乱，断续浣纱人语。

丹碧③驳残秋夜雨。风吹去、采菱越女④。辘轳⑤声断，昏鸦欲起，多少博山情绪。

【注释】

①海淀：指今北京西郊之海淀镇，即纳兰家别墅自怡园，后自怡园并入圆明园之长春园。

②菰蒲：指菰和蒲。水边多年生草本植物，地下茎白，地上茎直立，开紫红色小花。

③丹碧：泛指涂饰在建筑物或器物上的色彩。犹丹青，指绘画。

④越女：古代越国多出美女，西施尤其著名，后因以泛指越地美女。

⑤辘轳：安在井上绞起汲水斗的器具。

临江仙

昨夜个人曾有约，严城^①玉漏三更。一钩新月^②几疏星。夜阑犹未寝，人静鼠窥灯。

原是瞿唐^③风间阻^④，错教人恨无情。小阑干外寂无声。几回肠断处，风动护花铃。

【注释】

①严城：戒备森严的城池。唐皇甫冉《与张谭宿刘八城东庄》诗："寒芜连古渡，云树近严城。"

②新月：农历每月初出现的弯形月亮。

③瞿唐：瞿塘，峡名，为长江三峡之首，也称夔峡。西起四川奉节白帝城，东至巫山大溪，两岸悬崖壁立，江流湍急，山势险峻，号称西蜀门户，峡口有夔门和滟堆。

④间阻：阻隔，间隔。

望海潮　宝珠洞^①

汉陵^②风雨，寒烟衰草，江山满目兴亡。白日空山，夜深清呗^③，算来别是凄凉。往事最堪伤，想铜驼巷陌④，金谷⑤风光。几处离宫⑥，至今童子牧牛羊。

荒沙一片茫茫，有桑乾⑦一线，雪冷雕翔。一道炊烟，三分梦雨，忍看林表⑧斜阳。归雁两三行，见乱云低水，铁骑荒冈。僧饭黄昏，松门⑨凉月拂衣裳。

【注释】

①宝珠洞：今北京西郊八大处之宝珠洞。洞在第七处，是为八大处最高处。

②汉陵：此处指荒凉冷落的陵墓。

③清呗：谓佛教徒念经诵偈的声音。

④铜驼巷陌：地名，即铜驼街，在今河南洛阳古洛阳城中，古代著名的繁华区域。

⑤金谷：古地名，在今河南洛阳西北，泛指富贵人家盛极一时但好景不长的豪华园林。

⑥离宫：古代帝王在都城之外的宫殿，也泛指皇帝出巡时的住所。

⑦桑乾：河名，今永定河的上游。相传每年桑葚成熟时河水干涸，故名。

⑧林表：林梢之外。

⑨松门：谓以松为门，前植松树的屋门。宋陆游《书怀绝句》之一："老僧晓出松门去，手挈军持取涧泉。"

忆江南

江南忆，鸾辂①此经过。一掬胭脂②沉碧鹜，四围亭壁幛红罗③。消息④暑风多。

①鸾辂（lù）：天子王侯所乘之车。《吕氏春秋·孟春纪》："天子居青阳左个。乘鸾辂，驾苍龙。"高诱注："辂，车也。鸾鸟在衡，和在轼，鸣相应和。后世不能复致，铸铜为之，饰以金，谓之鸾辂也。"

②胭脂：指胭脂井，即南朝陈景阳宫的景阳井，故址在今南京市。隋兵南下，陈后主与妃张丽华、孔贵嫔并投此井，故又名辱井。井有石栏，呈红色，好事者附会为胭脂所染，呼为胭脂井。

③红罗：红色的轻软丝织品。

④消息：变化。

忆江南

春去也，人在画楼①东。芳草绿黏天一角，落花红沁水三弓②。好景共谁同？

【注释】

①画楼：雕饰华丽的楼房。

②弓：旧时丈量地亩用的器具和计算单位。

赤枣子

风淅淅①，雨纤纤②。难怪春愁细细添。记不分明疑是梦，梦来还隔一重帘。

【注释】

①淅淅:象声词,形容轻微的风声。

②纤纤:形容细长。

玉连环影

才睡。愁压衾花①碎。细数更筹②,眼看银虫③坠。梦难凭,讯难真,只是赚④伊终日两眉颦⑤。

【注释】

①衾花:织印在衾被上的花卉图案。

②更筹:古代夜间报更用的计时竹签,借指时间。

③银虫:指蜡烛的烛花。

④赚:赚得,赢得。

⑤颦:皱眉。

如梦令

万帐穹庐①人醉,星影摇摇欲坠。归梦隔狼河,又被河声搅碎。还睡,还睡,解道②醒来无味。

【注释】

①穹庐:古代游牧民族居住的毡帐。

②解道:知道。

天仙子

月落城乌①啼未了，起来翻为无眠早。薄霜庭院怯生衣②，心悄悄，红阑绕，此情待共谁人晓。

【注释】

①城乌：城墙上的乌鸦。

②生衣：夏衣。

浣溪沙

锦样年华水样流，鲛珠①迸落②更难收。病余常是怯梳头。

一径绿云③修竹怨，半窗红日落花愁。愔愔④只是下帘钩。

【注释】

①鲛珠：神话传说中鲛人泪珠所化的珍珠，比喻泪珠。

②迸落：散落。

③绿云：如云般繁茂的绿叶。

④愔愔：幽深、悄寂貌。

浣溪沙

肯把离情容易看，要从容易见艰难。难抛往事一般般①。

今夜灯前形共影，枕函虚置翠衾单。更无人与共春寒。

【注释】

①一般般：一样样，一件件。

浣溪沙

已惯天涯莫浪愁①，寒云衰草渐成秋。漫②因睡起又登楼。

伴我萧萧③惟代马④，笑人寂寂⑤有牵牛。劳人⑥只合一生休。

【注释】

①浪愁：空愁，无谓地忧愁。

②漫：副词，莫、不要。

③萧萧：形容马嘶鸣声。

④代马：北地所产良马。代，古代郡地，后泛指北方边塞地区。《文选·曹植〈朔风诗〉》："仰彼朔风，用怀魏都。愿骋代马，倏忽北徂。"刘良注："代马，胡马也；忽，疾也；徂，往也。言驰胡马疾行

而北往也。"

⑤寂寂：形容寂静。

⑥劳人：忧伤之人。《诗经·小雅·巷伯》："骄人好好，劳人草草。苍天苍天！视彼骄人，矜此劳人。"高诱注："劳，忧也。""劳人"即忧人也。

【点评】

这是写征戍者思念家乡的词。他在荒外，心情寂寞，觉得只有代马陪伴自己，觉得连那年年和织女分离的牛郎星，也来讪笑他的孤寂。五、六两句，写得凄苦。

——黄天骥

采桑子　居庸关①

觿周②声里严关③峙，匹马登登④。乱踏黄尘，听报邮签⑤第几程。

行人莫话前朝事，风雨诸陵。寂寞鱼灯⑥，天寿山⑦头冷月横。

【注释】

①居庸关：关名。旧称军都关、蓟门关，长城重要关口，控军都山隘道（军都陉）中枢。据传秦修长城时，将一批庸徒（佣工）徙居于此，故得名"居庸"。

②觿（guī）周：谓车轮转一周。觿，通"规"。《礼记·曲礼》上："立视五觿。"

③严关:险要的关门,险要的关隘。

④登登:象声词,指马蹄声。

⑤邮签:驿馆驿船等夜间报时的更筹。杜甫《宿青草湖》:"宿桨依农事,邮签报水程。"

⑥鱼灯:鱼形的灯。

⑦天寿山:天寿山位于北京昌平东北部。山麓一带黄土深厚,原名黄土山,明建十三陵后改名天寿山。地势险要,上陡下缓,南临十三陵盆地;东西扼山口,古为军事要地。

清平乐

参横月落①,客绪从谁托。望里家山云漠漠②,似有红楼③一角。

不如意事年年,消磨绝塞风烟。输与五陵公子④,此时梦绕花前。

【注释】

①参横月落:月亮已落,参星横斜,形容夜深。

②漠漠:紧密分布或大面积分布的样子。

③红楼:指家园的楼阁。

④五陵公子:指京都富豪子弟。五陵,西汉五个皇帝陵墓所在地,长陵、安陵、阳陵、茂陵、平陵五县的合称;西汉高祖、惠帝、景帝、武帝、昭帝的陵园;唐代高祖、太宗、高宗、中宗、睿宗的陵园。后以五陵代指京都繁华之地。

清平乐

角声^①哀咽，幞被^②驮残月。过去华年如电掣^③，禁得番番离别。

一鞭冲破黄埃，乱山影里徘徊。蓦忆去年今日，十三陵下归来。

【注释】

①角声：画角之声，古代军中吹角以为昏明之节。

②幞（fú）被：用包袱捆上衣被。

③电掣：电光急闪而过，喻迅速、转瞬即逝。

清平乐

画屏无睡，雨点惊风碎。贪话零星兰焰^①坠，闲了半床红被。

生来柳絮飘零，便教咒^②也无灵。待问归期还未，已看双睫盈盈。

【注释】

①兰焰：烛花。

②咒：祈祷。

秋千索

锦帷①初卷蝉云②绕，却待要、起来还早。不成薄③睡倚香篝，一缕缕、残烟袅。

绿阴满地红阑悄，更添与、催归啼鸟④。可怜春去又经时⑤，只莫被、人知了。

【注释】

①锦帷：锦帐。

②蝉云：谓蝉鬓形的发式像乌云一样盘绕着，此为女子睡起时头发已松散的形貌。

③薄：微微，略微。

④催归啼鸟：指杜鹃鸟。

⑤经时：许久。唐权德舆《玉台体》之七："莫作经时别，西邻是宋家。"

浪淘沙　秋思

霜讯①下银塘，并作新凉。奈他青女②忒轻狂。端正一枝荷叶盖，护了鸳鸯。

燕子要还乡，惜别雕梁。更无人处倚斜阳。还是薄情③还是恨，仔细思量。

①霜讯：霜信，霜期来临的消息。

②青女：传说中掌管霜雪的女神，此处指冷风。

③薄情：不念情义，多用于男女之间的情爱。

虞美人　秋夕信步

愁痕满地无人省，露湿琅玕①影。闲阶②小立倍荒凉，还胜旧时月色在潇湘。

薄情转是多情累，曲曲柔肠碎。红笺向壁③字模糊，忆共灯前呵手为伊书。

【注释】

①琅玕：一种青色似珠玉的美石，是孔雀石的一种，又名绿青。此处喻竹。

②闲阶：空荡寂寞的台阶。

③向壁：面对墙壁。

补遗卷二

渔父

收却纶竿①落照红，秋风宁为②剪③芙蓉。人淡淡，水蒙蒙，吹入芦花短笛中。

【注释】

①纶竿：钓竿。

②宁为：乃为，竟为。

③剪：齐整、摇动貌。

【点评】

一时胜流，咸谓此词可与张志和《渔歌子》并传不朽。

——唐圭璋

菩萨蛮　过张见阳山居赋赠

车尘马迹纷如织，羡君筑处真幽僻。柿叶①一林红，萧萧四面风。

功名应看镜，明月秋河②影。安得此山间，与君高卧③闲。

【注释】

①柿叶：柿树的叶子，经霜即红。诗文中常用以渲染秋色。

②秋河：银河。

③高卧：高枕而卧，比喻隐居，亦指隐居不仕的人。

南乡子　秋暮村居

红叶满寒溪①，一路空山万木齐。试上小楼极目望，高低，一片烟笼十里陂②。

吠犬杂鸣鸡，灯火荧荧③归路迷。乍逐横山时近远，东西，家在寒林④独掩扉。

【注释】

①寒溪：寒冷的溪流。

②陂：山坡。

③荧荧：灯光闪烁的样子。唐杜牧《阿房宫赋》："明星荧荧，开妆镜也。"

④寒林：秋冬的林木。

雨中花

楼上疏烟①楼下路。正招余、绿杨深处。奈卷地西风，惊回残梦②，几点打窗雨。

夜深雁掠东檐去。赤憎是、断魂砧杵。算酌酒忘忧，梦阑酒醒，愁思知何许？

【注释】

①疏烟：谓香火冷落。

②残梦：谓零乱不全之梦。

浣溪沙　郊游联句①

出郭寻春春已阑（陈维崧），东风吹面不成寒（秦松龄）。青村几曲到西山（严绳孙）。

并马未须愁路远（姜宸英），看花且莫放杯闲（朱彝尊）。人生别易会常难（纳兰性德）。

【注释】

①联句：古代作诗的一种方式，是指一首诗由两人或多人共同创作，每人一句或数句，联结成一篇。此篇是纳兰与友人合作的一首词，共六句，陈、秦、严、姜、朱、纳兰各成一句。